驴队来到奉先畤

杨争光 著

陕西师范大学出版总社　西安

图书代号　WX25N0082

图书在版编目（CIP）数据

驴队来到奉先畤 / 杨争光著. -- 西安 ：陕西师范
大学出版总社有限公司，2025. 2. -- ISBN 978-7-5695-
5187-7

Ⅰ．Ⅰ247.5

中国国家版本馆CIP数据核字第2025QP0023号

驴队来到奉先畤

LÜDUI LAI DAO FENGXIANZHI

杨争光　著

出版统筹	刘东风	
责任编辑	舒　敏	
责任校对	彭　燕	
封面设计	观止堂_未泯	
出版发行	陕西师范大学出版总社	
	（西安市长安南路199号　邮编 710062）	
网　　址	http://www.snupg.com	
印　　刷	陕西龙山海天艺术印务有限公司	
开　　本	787 mm×1092 mm　1/32	
印　　张	6	
插　　页	4	
字　　数	105千	
版　　次	2025年2月第1版	
印　　次	2025年2月第1次印刷	
书　　号	ISBN 978-7-5695-5187-7	
定　　价	59.00元	

读者购书、书店添货或发现印装质量问题，请与本公司营销部联系、调换。

电话：（029）85307864　85303629　　　传真：（029）85303879

新版自序

    《驴队来到奉先畤》（以下简称《驴队》）要再出一个新的版本了，这一回是陕西师范大学出版总社。十三年前的作品，他们还对它抱有信心，这是很让我欣喜，也很让我鼓舞的。当然也有期待，期待这一个新的版本有好的成色，也有好的运气。实话实说，在快餐一样阅读的时代，小说阅读的情形并不乐观，我甚至怀疑，愿意阅读小说的大多是有心要做小说家的吧？这样的读者又有多少呢？但还是期待，这一个新版的《驴队》有好的运气，也能结交到好的缘分，且不只是有心要做小说家的读者。

    然而，《驴队》是一个什么样的小说呢？

    无意间刷到周轶君说电影的一个短视频，说的是根据诺贝尔文学奖得主萨拉马戈的小说改编的同名电影《失明症漫记》，说到中国电影《芙蓉镇》里的一句台词，男主角秦书田（姜文扮演）服刑前说给妻子胡玉音（刘晓庆扮演）的："你一定要活下去！要像牲口一样活下去！"

周轶君说，这一句台词"成了上世纪60年代的生存写照"。

扮演男主角秦书田的姜文时年二十三岁，他并不觉得这一句台词好："这像牲口一样还有什么意思？"而历经各种政治风波人生起伏的导演谢晋，一念这句台词就会泪流满面。

也说到了改编自余华小说的同名电影《活着》，是和这一句台词同样的生存写照。

她说得很矜持，"不展开讨论这几句话，也不深究其中的意义"，没有深究这几句台词与"生存写照"之间的深层关系。只是说，这两部中国电影和《失明症漫记》"的确是存在差异的"。前者是"不管怎么样，活下去，活着""人是为活着而活着""要像牲口一样活下去"；后者则是"如果我们不能完全像正常人一样活着，（也要）尽一切努力不要像动物一样生活"。

《失明症漫记》也有一句台词：

"我们已经一无所有了，只剩下这最后一点当之有愧的尊严，至少我们还能为享有本来属于我们的权利而斗争。"

于是，他们武装起来，横遭凌辱的女人们也自告奋勇，加入抗争，践行他们的那一个"人不能活得像动物一样"的生存原则。

我没看过《失明症漫记》，也没读过萨拉马戈的小说，就百度了一下这部电影和原著的资料。要以书写生存境遇的恶劣，社会的暗黑，人性恶的无下限而论，《失明症漫记》都远比《芙蓉镇》《活着》更为触目惊心，不同在于，同样跌入"牲口一样"，甚至不如牲口的生存境遇，信奉并践行的不同的生存原则。这就是周轶君视频里所说的"差异"。这一个差异，使同样或近似的"活着"差异出不同的气质和命运。

或说，抗争不过啊！所以……

抗争不过并非只有放弃抗争一种选择。抗争不过的抗争就已经使"牲口一样"的活着有了异样的气质，至少，不再是一味的"牲口一样"的活着。

《芙蓉镇》里的男女主人公终于活到了好日子里。曾经参与制造罪恶的王秋赦傻了，疯了，敲着锣满街游荡，声音嘶哑，有气无力地喊着"运动了！运动了！"是真傻真疯了，遭到了报应么？

电影《活着》里的福贵（葛优扮演）也活到了温馨里，小说原著里的福贵有些不同，更像渡劫之后的一个剩余，连同那一头老牛。

大多的小说是写人的艺术，写人的小说又大多写的是人的各种各样的"活着"。

《驴队》也是。

《芙蓉镇》《活着》里的"活着"更迫近日常的写实。我的《驴队》以及萨拉马戈的《失明症漫记》都是虚构，是极端情形的"活着"。虚构当然不是无根无据的臆造，其根在人性的可能，其据则是个体或群体的人类已有的作为，正在的作为，以及可能的作为。

对照上述几部中外名作，我要为《驴队》里奉先時的人庆幸，他们到底还是抓过了那杆土枪，并使用了它。也许也知道了，他们被他们的恐惧糊弄了。在争生存的时候，不管是个体还是群体，大都能精进，也有战力。到争得生存有了温饱，还要"饱暖思淫欲"，也真享受淫欲的时候，曾经精进也有战力的肌体就会糠心、腐败，或者就已经糠心腐败，只是看上去很吓人实则不堪一击的一个庞然大物，甚至经不住一杆土枪。

不敢，是因为恐惧。还有，不愿是第一个。"枪打出头鸟"就是警示第一个的，这样的古训有很多。第一个往往也是牺牲者，无法享受成功，也无法享受烈士的辉光。都不愿是第一个，就都继续活在恐惧里，"牲口一样"。但不要紧，神奇的自我解释系统也会发挥效力，"人是为活着而活着"，即使"像牲口一样"。就这么，待宰的"牲口一样"活着的极端情形就成为当然，成为日常。如果还要在这样的活着里寻出"好"来，那可就是万劫不复不可救赎的个体和群体了。

所以，我是要为奉先时的人庆幸的。包子拿过了那杆土枪，并使用了它。

这或是要给万劫不复的个体和群体一个抚慰么？

现实生活里总是怯懦的我就是在想象里无数次痛击并打败"敌手"的。

这在我也许是一个讽刺，而在我们生存的世界，却是日常的事实。几乎每时每刻，现实都要我们在怯懦和勇敢之间做出选择，而我们又几乎都习惯性地选择了前者，如我一样，只在想象里痛击敌手，不仅打败，还要他败得很惨，败成烂泥，惨如残渣，甚至渣也不是。

而我又是厌恶暴力的。即使是以暴抗暴制暴，也有滑入暗黑的凶险。书写暴力，不只是宣泄、纾解、发散，也要写出暴力的暗黑狰狞和丑恶。也许就因为深知暴力能拯救人也会毁坏人性，华盛顿才有这样的告诫："剑是我们捍卫自由的最后手段，也是我们获得自由后应最先放下的东西。"我以为，这一句理性又满是温度的声音，不仅是说给政治家，也是说给文学家的。干脆，就是说给每个人的吧。

当然，是放下，而不是销毁。这却也是每一个人都应该明白并牢记的。因为世界远不到满是君子的乌托邦。

该拿起却不拿起的民族是可哀的。该放下却不放下的人类是可怖的。

包子使用了那杆土枪，并获得成功。他没有留下来，他扛着那杆土枪走了，离开了奉先畤。奉先畤是我们的村庄，包子是我们中的一个。我曾说过，我不知道他的那杆土枪会对着谁开火，比他更强的，还是弱者？是要做流寇，还是土匪？抑或，打兔子的猎人？

但《驴队》不是写实，而是一个虚构的传奇。我希望它是好看的，也是耐看的。

作家苏童说："萨拉马戈和马尔克斯是我心目中最好的两位作家，但在我看来，萨拉马戈对现实的隐喻更强。"

我要说的是，文学里的隐喻常常会成为现实；现实又往往是未来的隐喻。

拉杂说来已经不少。

最后，要感谢梁刚先生，他专意为这一个新的版本创作了多幅精彩的画作，是我的荣幸，也是这一个新版《驴队》的福气。

杨争光

2024年9月9日

于黄山屯溪

目 录

驴队来到奉先時

一

蝗虫忽一下就来了。不是那种说来就来的来，而是那种不打招呼没有预兆的来。忽一下，像谁往天上扬了一铁锹土，然后就着了魔一样，忽忽忽从西边的天空往上升，就遮天蔽日了。

最先看见蝗虫的是在地里务弄庄稼的人。玉米已半人高了，一行一行顺顺溜溜的，很蓬勃。他们没想到会来蝗虫。他们直起腰看着西边的天空，以为起龙卷风了，起沙尘暴了。可是，不对啊，声音不对。龙卷风沙尘暴只有拉呼哨一样的呼啸声啊，没有那咯喳喳咯喳喳的声响啊！

就是那种咯喳喳咯喳喳的声响让他们骇怕了。他们立刻变了脸色，短促地咦了一声，就撒腿往村里跑。

他们想不通他们为什么那么骇怕蝗虫的声音。

后来，他们认真地把蝗虫和龙卷风沙尘暴做过对比。龙卷风也让人骇怕，但比不过蝗虫。龙卷风旋着转着说不定就绕过去了，就是不绕过去拔树拔屋子把人旋到天上，等撂下来的时候人也就死屎了，死了就没知觉了，没知觉也就无所谓骇怕不骇怕了。沙尘暴呢？闭着眼捂着鼻子随它作践么，过去了就啥事也没有了，最多落下一层沙尘。落一层沙尘能算个事么？

驴日的不是龙卷风么，不是沙尘暴么。它们不但狂风一样拉着呼哨还咯喳喳咯喳喳。嘛呀哎！

不就是平日能见到的蚂蚱嘛，能跳几下飞一截儿，胆子也不大嘛，不聚群嘛，咋就成了蝗群呢？咋就这么狂风一样拉着呼哨咯喳喳咯喳喳遮天蔽日地来了呢？

他们听说，也是后来听说的，蝗虫的后腿有个部位不能碰，一碰就会受刺激，一受到刺激就会改变习性，就喜欢聚群了，不但聚群还要集体迁飞，一飞可以三天三夜不落地，一落地就是灾。

谁个驴日的闲屎没事干为啥要碰人家的后腿嘛！驴日的你要飞就一直飞一直飞死你个驴日的再落地不行嘛呀哎！

村庄里所有的人都从屋里院里跑到村街上了，都梗着脖子，都直愣着眼，把眼睛直愣成了眼窝，看着西边的天空，都咦了一声。

"咦！"

就一声。每个人只咦了一声，蝗虫就到他们的头顶上了。

蝗虫遮天蔽日飞临奉先时

他们被震慑住了，没法咦第二声。他们的心立刻收缩成了一块肉疙瘩，肉管子一样的喉咙也挤严实了，没一点缝隙了，没法出声。人在恐惧骇怕的时候叫唤几声会好受一些的，但他们确实只咦了一声。

就算他们的喉管没挤严实，还能咦，也听不见的。蝗虫不但遮住了太阳糊住了天空，还狂风一样拉着呼哨咯喳喳咯喳喳要搅昏天地呢！把全村人排成演唱队伍让谁指挥着一起咦，也听不见。他们咦不过蝗虫。

他们抱着头，跑回各自的家，紧紧地关上了门。

为什么要抱头呢？蝗虫又不是飞来的砖头。他们抱头抱得有些自作多情了。就算蝗虫是砖头，也不是冲着他们来的。

为什么要跑回屋关上门呢？他们太把他们的屋子当回事了，以为把他们关在屋里就安全了。事实不是这样的。后来，他们也认真地把屋子和蝗虫和安全关联在一起思量过。屋子是用来遮风挡雨的，遮挡邻人的目光的，当然也能遮挡仇人撒过来的砖头。但蝗虫不是风雨，也没想偷看他们的隐私，也没和他们结怨结仇，用不着把自己变成解冤消仇的砖头。蝗虫只是蝗虫。蝗虫对他们的头和他们的屋子都没兴趣。蝗虫感兴趣的是他们在地里种出来的田禾，具体到眼下，就是已长到半人高的玉米。他们到底还是思量明白了，真正能给他们安全的，实在不是他们费心使力建造起来的以为可以一劳永逸的屋子，屋子没有这么大的能耐。真正能给他们安全的，也正是蝗虫感兴趣的东西——地里的田禾么。

狂风一样拉着呼哨的声音没有了，只剩下那种咯喳喳咯喳喳的声响。他们知道蝗虫已经落地，正在啃嚼着他们的田禾。全村的人都直直地坐在他们的屋子里听蝗虫的声音。他们没睡没躺，直直地坐着，直愣着眼窝，听得很仔细，很耐心，一直听了三天三夜。

也有人听得不耐心了，不服气了。再说它们也只是蝗虫啊！再说咱们是人啊！难道就这么一声不吭地让虫虫治咱们人么？他们拉开门，跑出村，就看到了蝗虫啃嚼田禾的情景。它们太多太多了，没法说清它们的数目。它们咯喳喳咯喳喳地拥着铺排在田地里，看不到边沿。它们啃嚼得多认真啊，多细心啊，多从容啊，多有章法啊。玉米不是半人高了么？它们就互相摞在一起搭成架子从上往下啃。它们咯喳喳咯喳喳啃完一片，就挪到另一片地里，挨个儿往过啃。

踢它们驴日的！可是，你的脚有多大的能耐呢？把脚踢断也踢不散它们。

踩它们驴日的！一脚下去，能踩出一个蝗虫肉饼。可是，腿脚上的力气是很有限的，你能踩多少下？对整个蝗虫队伍来说，你踩多少下也没有知觉的，和没踩一样，它们依然啃嚼得很从容，很细心，不乱章法，啃嚼完一片再挪移到另一片里继续啃，结果只能是，你踩得没了一丝力气，一屁股坐下去，眼睁睁地看着它们啃嚼，咯喳喳咯喳喳，你服气不？不服气也没办法啊。想哭不？想哭也哭不出声的，没力气哭了嘛。这就叫绝望。

如果不带意气不带情感的话，你就会佩服蝗虫的。三天三夜之后，它们忽一下又走了，和来的时候一样，不打招呼，没有预兆。村庄里没有一个人看见它们是怎么走的。服不？

还有，它们啃嚼得多开心啊！不光是玉米，还有各种草，还有树叶，方圆多少里连个碎渣渣都找不到的。所有的田地都一个成色了，连成一片了，光秃秃一丝不挂，平展展裸袒着，让太阳照着，好像遭了劫掠连衣服也扒得精光的人，在用它们的裸体给所有围观的人说：别看了，没啥看的了，它们搞得很彻底。

驴日的把咱弄精光了嘛。没冤没仇啊！驴日的你还不如冲着人来呢，哪怕把人弄死呢！驴日的你不弄人弄田禾！既然你不弄人让人活着为啥要断人的活路嘛！你个驴日的。

这就叫自然灾害，没冤没仇给你弄个灾，害你么。

你说的意思就是天灾嘛，非要说成个自然灾害好像你念过书一样。

不不不，龙卷风沙尘暴是天灾。地震也是。上半年的大旱也是。这是蝗虫么。

那叫虫灾！

你看你看，咱犟这嘴有啥意思嘛又犟不来口粮。

就是没口粮才犟嘴呢嘛，有口粮吃饱肚子我就上我女人的肚子去了，哪有心思和工夫和你磨这号闲牙！

那些天，村庄里时常有人在一起磨这样的闲牙。其实那些天他们还是有口粮的。说蝗虫走了以后什么都没留下也不符合实情。实情是，蝗虫走的时候留下了许多死蝗虫。他们用脚踩出的蝗虫肉饼算是被动留下的，更多的是它们主动留下的尸体。谁也弄不清楚它们是怎么死的，是咀嚼的时候拥着挤着互相踩踏死的，还是搭架子从玉米顶头往下啃的时候压死的，还是吃得太饱撑死的？一连吃了三天三夜，难道没有撑死的？没有人细究这个问题，反正它们被留下了，就成了人的口粮。他们提着草笼子背着背篓，用扫帚在地里抢着扫拾那些死蝗虫。也有人用的是装粮食的麻布袋子，装满了摇一阵压一阵继续装，装得很实在。也有人为抢拾发生过口角，甚至恶言相向，到了要动手脚的地步。多亏蝗虫的尸体是有限的，很快就抢拾完了。

咋吃呢？蝗虫挺肥的，身体上不但有肉也有油，在锅里一炒，又酥又香。他们过了几天好日子。但很快就有了不良的后果，许多人屙不下来了，要用手抠，抠出来的全是蝗虫皮。

这时候，他们才知道，蝗虫的尸体可以当口粮，却实在不是真正的口粮。可以当口粮的蝗虫嚼断了他们获取真口粮的路。

这时候，他们也知道了，在很多情况下，虫虫是可以把人治住的，尤其是像蝗虫这样的虫虫，不但能把人治住，还要往绝路上治呢！

他们一年种两料田禾。上半年的田禾因为一场大旱全死了，田禾变成了柴禾，土地不但没有给他们一粒口粮，还龇着牙咧着嘴给他们示威一样。他们也龇牙咧嘴了。他们龇着牙咧着嘴用他们的力气和汗水把龇牙咧嘴的土地抚弄平顺了，松软了，种上了第二料田禾，眼看着半人高了，忽一下，蝗虫来了。

驴日的明年来也成啊，让咱收一料庄稼有点口粮就能对付了咋拣这时候来嘛哎哎！

驴日的就是干旱了才碰后腿才聚成群胡飞哩要不就不是驴日的蝗虫了。

如果听到这一类的对谈，五十九岁的吴思成就会一脸轻蔑地给对谈者撂过去两个字：扯淡。村上已经有饿死的人了，许多人已经撂下了他们的屋子院子推车挑担逃难去了。他不屑于这样的对谈。在他看来，这时候还说这样的话，就不是拉闲话也不是犟嘴了，而是纯粹的扯淡。扯淡就是虽有动作却无所作为的意思。

然后是驴队。

二

驴队比蝗虫简单。

是啊，不能光扯淡啊，肚子也不悦意啊。哪怕逃难呢！哪怕去远地方伸手讨要呢！哪怕做三只手当贼娃子呢……

"不行。要有所作为，但不能下贱。"

这是吴思成撂出来的另一句话。他们老中青一共十二个人，聚合在村外的一个草庵子里，都是没离开村庄想有所作为又都不知道怎么才能有所作为的人。他们要在这里商量出一个有所作为的办法来。他们都同意吴思成"要有所作为，但不能下贱"的观点。在他们中间，吴思成年龄最长，也是十二个人里唯一没有被饥饿捏弄得面露凶相的人。他高而干瘦，像麻秆，有一对老鼠一样贼亮的小眼睛，三十多岁的时候娶过一房女人，没等到生养儿女，女人病死了。他一直单身，和村上一个寡妇好，隔三岔五到寡妇炕上放松一次。逃难的人里就有那个寡妇。他没留她，也没跟她走。他不愿逃难，原因就是他说的：不能下贱。

现在，吴思成站着，小眼睛一下也不眨。他的小眼睛只在兴奋的时候才会眨的。他在给蹲坐在地上的十一个人说话。他说：

"咱不投亲靠友不伸手讨要不做三只手，也不能等着饿死。"

瓦罐打断了吴思成的话：别说饿啊，你一说饿我就会想把蝗虫当口粮的那些天贪吃屙不下，现在连吃了屙不下的东西也没了你还说饿！

瓦罐本不叫瓦罐，因为头越长越像瓦罐，就叫他瓦罐了。瓦罐的表情和声调都很痛苦。他不让吴思成话里带饿字。他在十二个人里年龄最小。

吴思成一丝同情也没有：扯淡。

瓦罐急了，站起来了：没有啊我的手在屁股上你看么。

瓦罐把屁股摆给吴思成看。瓦罐的手确实在屁股那里。瓦罐说他那些天抠得太过火了还没好彻底。

吴思成说：扯淡！

瓦罐蹲下了：好吧，就算我扯淡了。

吴思成继续说他要说的话了。他说：

"人拿天没办法，拿虫虫也没办法，人拿人呢？那就看怎么办了。咱不想把咱活成贱人，就只能当强人。强人就是明着抢人的人，也是不怕死不得已也敢杀人的人。把你们家的驴拉出来，再掂一样家伙，最好是带铁的，注意，镢头锄头镰刀不行，这些家伙虽然带铁，一看就是种地的家伙。最好是榔头、砍刀。有了驴和家伙，咱就是队伍了。"

有人问：女人和娃咋办？

吴思成说：留着守村子，守家。咱有吃有喝就由咱了，要么接他们出去，要么咱再回来，继续种地。

瓦罐又起身了：我媳妇娶进门还不到一年啊叔哎！

吴思成说：扯淡。成队伍就没有叔了。队伍要有个头儿，注意，我年岁大了，当不了头儿，咱弄一个头儿。咋弄？你们往外边看——

草庵外边放着两只木桶，凉水满得要溢出来了。

吴思成说：谁有能耐往肚子里灌进去一桶，谁就是咱的头儿。

十一个人都看着那两只木桶。

吴思成看着看木桶的十一个人。

瓦罐咽了一口唾沫，把目光从木桶上移开，看吴思成了。

吴思成说：想试试，得是？

瓦罐说：我没想试。

吴思成说：没想试就别看我。

瓦罐说：别刺激我啊。

吴思成说：凭你那么一点肚子也装不下的。

瓦罐说：你刺激我了！

吴思成不理他了。

瓦罐说：你又刺激我了！

吴思成还是不理他。瓦罐站起来了。

瓦罐问：一桶还是两桶？

吴思成说：一桶。

瓦罐低头看了一下自己的肚子，走到吴思成跟前，又问了一个问题：当头儿能带媳妇不？吴思成说不能。瓦罐又看了一下自己的肚子，想了一下，又问：当了头儿说话算数不？吴思成说那得看说什么话，还有军师呢。瓦罐问军师是谁，吴思成说：我么。瓦罐又想了一下，说好吧那就再问一句，头儿大还是军师大？吴思成说头儿大。瓦罐说我真受刺激了，蝗虫受刺激就聚群了我受刺激就想喝那桶凉水了。吴思成说这时候说再多的话都是扯淡往木桶跟前去才是有所作为你往木桶跟前去。

瓦罐真朝木桶走过去了，走到木桶跟前了。他歪过头又问了吴思成一个问题：头儿和军师的话顶牛了听谁的？

吴思成说：听头儿的。

瓦罐冲着草庵里的人说：你们可都听见了啊！

瓦罐一脸悲壮，跪在木桶跟前了。他看着桶里的凉水，一只手在肚子上来回摸着，看摸了好长时间。这时候他才知道，他要把满满一桶凉水全灌进肚子实在不是一件容易的事情，甚至根本就是不可能的事情。

吴思成说：你看摸的时间太长了，再看凉水不会变少再摸肚子也不会变大的。

瓦罐扭过头要哭了一样，对吴思成说：你又刺激我了！

吴思成说：你又扯淡了。

瓦罐说好吧我不扯淡了我喝。他把嘴伸进木桶，开始喝了。

咕咚一口。咕咚一口。

除了吴思成,没有人看瓦罐。他们在听。

咕咚。咕咚。

该有小半桶了吧。

咕咚……咕咚……

咕咚声的间隔越来越长了,响动也越来越小了。快要变成一口一口往进吸的声音了。

吴思成说:满满一桶凉水是喝不完的,要抱着桶往下灌。

瓦罐把头从木桶里抽出来了。他没看吴思成,他的脸对着桶里的凉水:你管我喝还是灌呢!喝和灌都要进肚子呢!

他把头又埋进了木桶里。

他已经咕咚得很艰难了。听声音就能知道他咕咚得有多么艰难。他不像在喝凉水,像在受刑,快受不下去了。

咕……咚。

他把嘴从凉水里抽离出来,头脸依然埋在木桶里,好像要歇会气。

他说:我不叫你叔要叫你吴思成了!

他说:虫把人没整死你拿凉水把人往死里整啊!

吴思成好像没听见一样。其他人也是。他们都阴着脸，一直阴着脸。

瓦罐又把嘴塞进凉水里了。

吴思成皱眉头了，他听见瓦罐喝凉水的声音好像变化了，不再咕咚了。他走到瓦罐跟前看了一会儿，然后就叫了起来：

"瓦罐你个驴日的喝一口吐一口等于没喝啊难怪不咕咚了！"

又给草庵里的人说：他驴日的喝进去一口啵儿一声又吐出来了不往肚子里咽了！

这一回，瓦罐很快速地把头脸从木桶里抽出来了，直直地对着吴思成。瓦罐不但满脸是水，眼里也有水了。说话的声音也不如前了：

"我早喝到喉咙眼了，一口也下不去了，再下去一口喝到肚子里的凉水就会全吐出来的不吐就会死的你信不信嘛啊唔唔……"

瓦罐哭了。他跪着，两只手在木桶沿上把着。

"我想我要喝下去这桶凉水头一样事就是另换个军师肚子不给力么你为啥不让带媳妇嘛啊唔唔唔……"

瓦罐的眼泪水像断了线的珠子一样往木桶里掉着。

九娃几步就到了瓦罐跟前。九娃的脚大而厚重，落地稳而有力。他走得很快，最后一脚没落地，反而抬高了，一脚就踏在了瓦罐的屁股上。

瓦罐没想到会有人踢他。他哼了一声想拧过头看一眼踏他的是谁，身子却朝前扑去了，扑在了木桶上，和木桶一起倒了。他翻了个身，就仰着肚子躺在他没喝完的那大半桶水里了。他像打嗝一样，嗝一声嘴里就会冒出一口凉水。他不哭了，也没心情看踏他的是谁了。他大张着嘴在冒水。

九娃抱起了另一只木桶。

九娃往喉咙里灌凉水的声响很清晰。

麻秆吴思成快速地眨了一阵小眼睛，给草庵里的人说：拉你们的驴去。

他们都起身了。他们没人追究九娃到底能不能把那桶凉水全灌到他的肚子里去。

吴思成没忘记躺在泥水里的瓦罐：听见我的话了么？

瓦罐还在冒水，一边冒着水一边给吴思成点着头。

三

驴队是朝着东南方向走的。他们认为东南方向雨水多，好长庄稼。

驴队有一条纪律：走到任何地方见了任何人，都要把面目摆弄成一副凶狠的样子。这不难，蝗虫已经让他们一脸凶相了。但吴思成想得比较远：有吃有喝了就不一定老这么一脸凶相了，所以，一定要有这么一条纪律。

三个月以后，他们换了装备，把从家里带出来的榔头砍刀换成了清一色的鬼头刀。吴思成嫌鬼头刀不好听，就另起了个名字，叫护胆夺命刀，给自个儿壮胆，必要时夺他人性命的意思。

半年以后，他们接收了一个打兔的。他有一杆土枪。他们私下叫他打兔的，公开场合叫他土枪手。他们不但有了铁器，也有了火器，真成队伍了。

驴队就是驴队，最好不往里边掺杂其他牲口，所以他们给打兔的也弄到了一头驴。这时候的他们要弄到一头驴已经不算什么事了，顺带着就能办到。

驴队上路没多少天，九娃就给瓦罐分配了一样特别的差事，要他把一路上走过的村住过的店记下来，不但要记住村名店名还要记住方位和线路。瓦罐问为啥。九娃说不为啥让你记你就记少问多做。瓦罐说走村过店大家一起的大家都记嘛为啥要我记。九娃说你年龄最小脑子最好使。瓦罐说脑子好使就应该管账。九娃说管账有吴思成呢！你就给咱记村名店名。瓦罐说好吧你是头你说钉子就是铁我记。九娃说可不能记乱啊。瓦罐说不会乱的不过我得问清楚，你说的是经过的村还是进过的村？九娃说进过的经过的都记。瓦罐说咱经过的村比进过的可就多了去了，不过那也不会乱的，你不是说我脑子好使么我也承认。

每天晚上临睡前，瓦罐都会把他们走过的村住过的店在脑子里过滤一遍。不难么。不但不难，而且还很享受么，很刺激么。因为过滤的时候会顺带着过滤出一些情景来，过滤到进某个村要吃要喝要钱款很顺利的情景，他就觉得很享受，过滤到那些逢凶化吉化险为夷的情景，他就觉得很刺激。这实在是一件出乎意料的好差事么，不但能锻炼记性，还能品咂经世活人的滋味么。

但很快就过滤不出享受和刺激了。走过的村住过的店越来越多，瓦罐过滤不过来了。不光是村名店名啊，还有方位啊，还有线路啊，那么多村名店名加上方位线路在脑子里快要搅成一锅粥了。真搅成一锅粥就没法给九娃交代了。

他给九娃说：我脑子不听使唤了我受不下心里也不平衡了。

他说：每天晚上我都要在脑子里演皮影戏一样走村过

店你们睡得和猪一样。

他说：再这么折磨几个晚上我脑子就残废了。

他让九娃另找个人。他说我不是怕脑子残废是怕误你的事。

九娃问吴思成咋办。吴思成笑着说瓦罐：你驴日的肚子不行脑子也不行么。瓦罐说你别给我笑你人瘦脸瘦咋笑都看着不厚道，打人不打脸骂人不揭短啊。吴思成说你脑子不行就找个东西代替脑子嘛。瓦罐说你可真能说话脑子不行还能想出个东西代替脑子啊。吴思成说你找张牛皮纸往上画嘛。瓦罐在自己的额颅上拍了一巴掌，说：是啊，咋就想不到牛皮纸呢！可是，光有牛皮纸也不行啊还得有笔有墨才能往上画啊。也不行，总不能因为一张牛皮纸还要揣上笔和砚台吧？砚台是石头啊！吴思成说哪个村都有识文断字的人都能找到笔墨你只揣一张牛皮纸就成。瓦罐又在额颅上拍了一巴掌，说：服你了服你了我找牛皮纸。他找到了一张牛皮纸。

从此，每过一个村庄住一个店吃了喝了以后，瓦罐就到处找笔墨，在牛皮纸上画记号，写村名店名，不会写的字就问吴思成。他把牛皮纸画成了一张地图。

瓦罐的牛皮纸快画满了，驴队还在往前走。但九娃说了，走到一个合适的地方，就想办法试着落脚。

瓦罐说：再不落脚我就得另换一张牛皮纸了。

九娃说：你再画小一点就能多画一阵子。

瓦罐说：不再往上画了多好，你的话真让我绝望。

瓦罐质问过吴思成：你说有吃有喝了就咋就咋你说过没？

吴思成说：说过，咋啦？

瓦罐说：我以为你忘了。

吴思成说：我没忘。

瓦罐说：那我再问你，咱现在算不算有吃有喝了？

吴思成没回答瓦罐的问题，他说你问九娃去。

瓦罐没问九娃。瓦罐避开吴思成，私下给九娃说了一番话。他说：

"吴思成说等咱有吃有喝了要么把女人接出来要么咱回去，依我看吴思成压根就没想这么做。他钻了多年的那个寡妇撂下他连影子都没了他接谁去？他光屁一个人和咱一边当强人一边逛世界他跑回去做啥？种地啊？在外边有吃有喝他为啥要回去种地？他和咱情况不一样心思也不会一样的。咱有女人啊，你还有娃儿呢！咱抢人劫人这么长时间总有些积攒了吧？你一路上只让劫财不准劫色硬憋着熬着不就是还想看咱自个儿女人么？我不信你晚上不想女人。吴思成去年五十九今年过六十了还说饱暖思淫欲呢！他年岁大了过个嘴瘾能行，咱血气正旺说不想就能不想么？实话给你说，我天天晚上都想！你是头儿，你可不能忘了咱拉驴出来时说的话。要不你就把规定放宽一些，实在憋不住了也劫点色。再不沾点色咱就生锈了，难道你不怕生锈？"

九娃给瓦罐的回答是：你个驴日的敢动这心思敢动哪个地方的女人我让土枪手把枪里的火药和铁砂全打到你驴日的脸上，让你到阎王那里动女鬼去。

然后，又替吴思成说了几句话：你别把人家吴思成想恶了。我也实话给你说，劫财不劫色就是吴思成的主意。财是身外之物，女人不是。咱走了一路劫了一路没死一个人没伤一个人就是因为咱只劫财不劫色。你以为我不想？不想就不是人了。敢劫么？有人会和咱拼命的。就算不拼命，咱劫着劫着会乱心性的。你听好了，驴日的你老实憋着，憋死你个驴日的也不能坏规矩。生锈？你驴日的真能想也能说出口啊。你那东西不是铁多长时间不用也不会生锈，只要不割下来就不会坏不会变成一吊子烂肉！咱现在还不算有吃有喝，咱还没有积攒。咱还没走到合适的地方还得继续走，你好好给牛皮纸上画记号去！

瓦罐在自己的嘴上扇了一巴掌，说：明白了我嘴上爱说淡屁没味的话你别生气你赶紧看土枪手正瞄呢要放枪了——

驴队要停下来了。他们骑在驴背上，看着土枪手。

土枪手也在驴背上，他正在瞄准。他拿枪瞄准的姿势很特别，不是两手一前一后端着枪朝前瞄，而是两只胳膊直伸出去，横握着，枪口朝着旁边。这实在不能叫瞄准，应该叫对准。他不用眼睛用的是感觉。他感觉对准了就等于瞄准了。然后，右手食指一勾，砰——他不会打偏的。

九娃喜欢看土枪手这么瞄准这么放枪。这么拿枪不是本事。这么拿枪每一次都能打准都不会失手才是本事。土枪手就有这样的本事。土枪手说他的这手本事是让兔逼出来的。兔不会卧在你前边让你瞄着打它嘛。你看见兔的时候它也不一定正在你前边嘛，它在你旁边咋办？你转身还没瞄它就跑了。它胡乱跑不给你瞄的时间嘛。你要瞄你的身子你的枪就得跟着它胡转，转几下兔跑了你晕了。你晕乎乎端着一杆土枪你会是个啥感觉？你让兔把你当猴耍了嘛。"所以，"土枪手说，"我不胡转，我不动身子只动枪。"

现在，驴背上的土枪手就那么直伸着两只胳膊，横握着那杆土枪。

不光九娃，整个驴队都喜欢看土枪手这么瞄准这么放枪。他们顺着那杆土枪看过去，不远处有一道土台，长着许多杂草，草丛里好像有一只黄羊。他们提紧缰绳，不让他们的驴挪动蹄脚。万一惊扰了黄羊呢？

砰——

看不见黄羊了。

瓦罐拍了一下驴屁股，紧跑了几步，第一个跑上土台，这才看见土台上不是长乱草的地方，土台上边只长着一溜杂草。土台是个打麦场。铺在场子中间的麦秸秆已碾压过无数遍，成麦草了。一头拉碌碡的驴戴着笼嘴在麦草上站着，很安静，也很孤独。它不用拉着碌碡在麦草上无休止地转圈了，因为赶它转圈的人中了土枪，栽倒在土台边上的那一溜杂草里了。它竟然没有受到土枪的惊吓。

驴队全上了土台，围在那个误挨了土枪的碾场人跟前了。

瓦罐给九娃说：不是黄羊。

骑在驴背上的九娃没有吭声，脸上的茬茬胡子里满是灰土。

他们都没有吭声，都一脸灰土，都骑在驴背上。

驴到底是不省人事的牲畜，有几头不但打了几声响鼻，还轻松地挪了几下蹄脚，引得麦场上的那一头也刨了几下前蹄，表示它和它们是一类的。

瓦罐跳下驴背，把蜷拱成一团的碾场人摆弄平顺了。是个老头，光着屁股，裤腰在腿弯处。然后，瓦罐又看见了一泡人粪尿。

瓦罐明白了，给土枪手说：人家正撅着屁股屙屎呢，你看成黄羊了。

又说：屁股稀烂稀烂了，成马蜂窝了。

又惊讶地叫了一声，说：不会吧？脸咋也稀烂了？噢噢明白了全明白了，你瞄他的时候他也撅着屁股瞄你呢，屁股和脸都给你了。

又发表了几句看法：他不瞄你也许还死不了。屁股打得再稀烂也不会致命，头脸可是致命的地方。他不知道要挨土枪么，要知道肯定不会撅着屁股往后看的。

土枪手很尴尬，给九娃说：我看走眼了。

九娃好像没听见土枪手在给他说话。他扭着头朝周围看着。到处都能看到碾完场收完粮食以后摞起来的麦草垛。

土枪手说：肯定是坡底下那个村里的。咋办？

九娃和吴思成商量了一阵子，就有了断语。

九娃说：命该如此。

吴思成说：我同意。

九娃：这地方有好收成了。

吴思成说：我看见那些草垛了。

九娃说：还是个出细粮的地方。

吴思成说：全是麦草垛。

九娃和吴思成又商量了一阵，就定了主意。

九娃给瓦罐说：你去把那头驴卸了。

又给其他几个说：把死人搭到驴背上，驴认识路，会驮着死人进村的。

他们问：咱们呢？

九娃说：驴进村一袋烟的工夫，咱也进。

他特别叮咛要让死人的屁股朝上，看见的人首先看到的是他马蜂窝一样钻满铁砂的屁股。

他们立刻紧张起来了。

土枪手也很紧张。九娃拍了一下土枪手的肩膀，说：别紧张，你给咱往土枪里装火药装铁砂，我看着你装。他真蹲在了土枪手跟前。

他说：你得把打兔的姿势改一下了，要改成直瞄。

一阵锣鼓唢呐声从坡底下的村子里传了过来。

瓦罐拍了一下驮着尸体的那头驴。它挪动蹄脚，下了土台。

九娃他们也骑上了他们的驴背，模样都变成了驴队纪律要求的那种。

四

　　那天，正是村庄庆祝丰收的日子。

　　村庄在山坡底下，近百户人家，是真正依山临水的村庄。从山里流淌出来的河水在村庄旁边绕了一个弯，好像特意给村庄腾出来一块地方，然后，又朝前流去了。河水流经的地方是平整的良田。"上山么——打柴，过河么——脱鞋"，在其他地方说这句话，多少会有一些遂天认命的无奈，在这里说这句话，说的可就是村庄优越的地理和它的自如自在了。同样的话说在不同的地方，意思会大不一样的。

　　村庄叫奉先畤，证明着村庄是知道感恩的，感恩他们的先人给他们选了一块好地方，也感恩天地神明允准他们的先人选择这里做安居栖息之地，并在这里永久地繁衍生息。逢年过节之时，村庄就烧香上供，感恩他们的先人；收粮归仓之后，村庄就组织锣鼓唢呐，踩高跷跑竹马，用锣鼓唢呐和他们的肢体取悦天地神明，也自娱自乐。

指挥锣鼓唢呐的是村长赵天乐。他把缠着红绸布的鼓槌抡成了两朵花。踩高跷的领队是赵天乐的儿子赵包子。他们穿着花花绿绿的奇装异服，脸上涂抹得五马六道，绑着细长的柳木腿，随着锣鼓和唢呐，在村街上转圈子走着各种花样，给围观的女人们抛着媚眼。有人摔倒了，村街上立刻就会跳荡起一阵欢叫和浪笑。

全村的人都在村街上了。他们忘记了村外土台上的任老四，更想不到会有人在他们欢叫和浪笑的时候把任老四搭在他家的那头驴背上，让驴驮着叮咣叮咣地走进村街，让他们的锣鼓唢呐和他们的嘴立刻收声。

最先看见那头驴和任老四的是鞋匠周正良的徒弟马鸣。他十五岁，是个结巴。他看热闹看得尿急了，想找个能撒尿又不耽误看热闹的地方，就跑到了村口外边。村庄没有城门，敞开着的，在那里既能背身撒尿，又能扭回头看村街。事后想起来，结巴马鸣真有些可怜，他想得很好，却落空了。他刚解下裤带，就看见了任老四家的驴。然后，又看见了搭在驴背上的任老四。然后，又看见了任老四被土枪打得稀烂的屁股。然后，就看见了驴队。

他一滴也没尿出来，全夹在尿管里了。他提着裤腰和裤带，失眉吊眼地跑进村街，拦住了转圈子走花样往前进着

驴队准备进入奉先畤

的高跷队伍。他惊恐又焦急，努力地扯着嘴，却说不出一句话来，手也不知该怎么比画了，看得高跷上的包子也焦急了。

包子朝马鸣喊了一声：唱啊！

马鸣立刻唱出来了：咿呀哎土匪——土匪把任老四打，打呀嘛打哎打死了！

先收声的是浪笑，然后是鼓乐。满村街的人都定住了身子，把头扭向村口。

九娃的驴队已排列在村口了，十三头驴齐齐地排成一行，不动一下蹄脚。

动蹄脚的是任老四家的那头驴，叮咣，叮咣，往里走着，走得不紧不慢，很从容。

它到底收住了蹄脚。

他们看清了任老四，也看清了任老四的屁股，看清的顺序和结巴马鸣一样。

他们没有惊叫。他们脸上的神情由迷惑变成了恐惧。他们把目光从任老四的屁股转到了土匪们的脸上。土匪们粗糙肮脏的脸像一块块毛铁。

土枪手适时地把那杆装着火药和铁砂的土枪伸了出去。他没有横握，是直瞄。

一直提着裤腰和裤带的结巴马鸣实在夹不住了，把那一泡尿不声不响地一下一下全溜在了裤裆里。

没有人追究土匪为什么要弄死任老四。不是不想追究，是顾不上追究，都顾着骇怕了。他们在村街上和驴队对视了很长时间，有人突然哇了一声，他们突然也就乱了，丢下了锣鼓家伙，丢下了一截截的柳木腿，不见了。眨眼的工夫，村街上就剩下了村长赵天乐一个人，还有任老四家的那头驴。就因为赵天乐是村长，在别人都不见了的时候，他把自己留在了村街上。他不和驴队对视了。他放下鼓槌，走到那头驴跟前，在驴脸上轻轻拍了一下，驴就叮咣叮咣朝任老四家走去了。驴不但识得路，也认得门。

任老四的家人也没有追究。他们尽可能小心仔细地用镊子夹出了一些打进任老四脸里边的铁砂粒。只能是一些，不可能是全部，因为有许多打进得太深，要全部取出来，任老四的脸就没法看了。屁股里的用不着费神取，穿好衣服就看不见了，不影响形象。他们给他穿好寿衣，入殓了。任老四已年近七十，儿女们早就给他看好了寿衣寿材。这是奉先时的先人们留下来的讲究，老人上了年岁，就要备好寿衣寿材。所以，任老四的寿衣寿材是现成的，只是提前使用了。

村长赵天乐也没有追究。他一连做了几样事情。一、他把九娃他们的驴队安顿在了村公所。二、他叫出了一些不见了的村人，让他们给驴队备酒做饭。三、他去了一趟任老四家，除了言语安慰，也给了实惠的安慰。任老四意外死亡，按出公差对待，丧葬费用由全村人分摊。任老四家人问他：他们为什么要打死人？他说这得问他们。又说：想问也可以问，就怕问出更大的事来，所以我主张不问。任老四的家人说好吧不问了。他说：你们好好安顿老四的事我还得去村公所，饭菜差不多好了我得招呼他们吃喝。

饭菜已经好了，摆了两桌。依奉先时的先人们留下来的讲究和礼数，待客坐席面一桌六个人，加一个招呼照应陪酒的，坐在席口。驴队十三个人，两桌十二个，多出了一个。赵天乐说按礼数应该再开一桌。瓦罐说不另开了我坐这一桌的席口代替了，不算坏你们的礼数。九娃也说不另开了就两桌。赵天乐没有坚持，说：那就委屈那位兄弟。瓦罐说不委屈不委屈咱开吃。饭菜很丰盛，酒也不坏。他们已经很饿了，本该狼吞虎咽的，但吴思成饭前有交代，要尽量吃得斯文一些。所以，他们就吃得有些斯文。九娃一边吃喝着一边和赵天乐拉家常一样说了一段话。

九娃：你是村长？

赵天乐：村长。

九娃：你们这地方好。

赵天乐：就是。

九娃：你们的先人有眼力。

赵天乐：就是。

九娃：你们该记着先人的好处。

赵天乐：记着呢么，所以叫奉先畤。

九娃：为啥不叫村要叫个畤？

赵天乐：也要记着天地神明么。

九娃：噢噢。你们这儿出了不少念书人吧？

赵天乐：讲究耕也讲究读么，耕读之家么。

九娃：有大识文家吧？

赵天乐：听说过去有，老早了。

九娃：你算不算识文家？

赵天乐：不算。一代不如一代了。我爷给我起名叫天乐，我爸给他孙子起名叫包子，离文远了，离嘴近了。

九娃：实惠么。我们就是为了嘴才走到这儿的。

赵天乐：是人都一样，这么活那么活，说到底都是为了一张嘴。你们是远道来的，还要上远路，吃好喝好。托老天爷的福，这里风调雨顺，今年尤其是，多打了粮。就是不多打粮，对远道来的客人也会尽心款待的。这也是先人留下来的礼数。

九娃：噢噢……

<h1 style="text-align:center">五</h1>

九娃礼貌地谢绝了村长赵天乐的好意，没有在村公所过夜，他和他的驴队住在了村外的天地庙。九娃让赵天乐放心，他说驴队的牲口都是经过训练的，吃饱喝足以后很安静，不会胡屙乱撒，脏不了庙院。驴队的人就更不用说了，在庙殿里只是睡觉，不会动庙殿里的任何东西，惊扰不了殿里的神灵。

事实上，不是所有的人都住庙殿。住庙殿的只有九娃和吴思成。土枪手和瓦罐在庙门后三尺远的地方轮换睡觉。十三头驴拴在庙殿后边，有两个人照看，万一有事就立刻解缰绳。其余七个人在前院里，可随意找地方睡。安排好以后，九娃又吩咐他们：不管睡哪儿，家伙都放在手跟前。

九娃说的家伙就是他们的护胆夺命刀，他一直改不了口，把刀叫家伙。

按说该踏实睡一觉了，但九娃睡不着，翻了十几回身都不行。他说咋搞的睡不着么真是的。睡在另一头的吴思成没给他声气。九娃不再翻身了，坐起来说：月亮咋这么亮。吴思成还是没有声气。九娃起身出了庙殿，一会儿又回来了，后边跟着瓦罐。瓦罐说三更半夜了迟不叫晚不叫我刚迷糊住我是两个人轮着睡啊我的哥哎，你睡不着我能睡着嘛。九娃让瓦罐把供桌前的两根大蜡烛点着。瓦罐说我听你给村长说不动庙里的东西。九娃说点蜡烛是替他们敬神哩我顺便借个光。瓦罐说有光亮晃着你更睡不着的。九娃说你个驴日的。瓦罐说噢噢我点我点。瓦罐点着了那两根大蜡烛。九娃说我要光亮不是照着我睡觉我想看那张牛皮纸了你拿出来我看看。瓦罐说不用看吃完酒席我一刻也没耽搁就找笔找墨把奉先时画上去了。九娃说你的话比屎还多你赶紧。瓦罐就掏出了那张牛皮纸。九娃说你让蜡烛离我近些。瓦罐就从蜡架上拔出来一根蜡烛照着让九娃看。

九娃看了好长时间。

瓦罐说要看你好好看别走神啊。

九娃确实有些走神了。九娃说好吧不看了你装好吧蜡烛插好回你睡觉的地方去。

瓦罐走了，吴思成坐了起来。

九娃说：把你弄醒了。

吴思成说：我没睡着。

九娃说：噢噢。

吴思成说：我耳朵听着心里揣摩你哩。

九娃说：噢噢。

吴思成说：你心里搁事了。

九娃说：就是。

吴思成说：酒桌上你和村长说话我就听出来了。你叫瓦罐进来要看牛皮纸我就认定了。又说：你心里不安稳。

九娃说：就是。

吴思成说：硬睡是睡不着的要不咱出去再转转看看？

他们就到了庙外边。他们没转。他们在外边坐了一会儿，看不远处的山，看山坡底下的奉先時，看从山里流淌出来的河水。天地庙就在河水拐弯处的高台上。月光很清亮，把河水照得也很清亮。

然后，他们说话了。

九娃：咋看都是个好地方。

吴思成：就是。

九娃：和咱那儿照的是一个月亮吧？

吴思成：一个。

九娃：一个太阳吧？

吴思成：一个。天上只有一个月亮一个太阳。咱没走到天外么。

九娃：都在一个太阳一个月亮底下，他们咋就摊了个好地方。

吴思成：命好么。

九娃：咱不可能走到天外吧？

吴思成：不可能，天外还是天。

九娃：那咱还走啊？咱不能永远走吧？

吴思成：这就看咋想了。坐地为匪危险大。

九娃：坐住了就不是匪了。甯匪永远是匪。

吴思成：你定心了？

九娃：想听你的意思嘛。定心了就睡去了。

吴思成：不是咱的地方么。

九娃：咱走了一路吃的喝的住的哪一样是咱的？还不是吃了喝了住了？

吴思成：就怕万一。

九娃：万一万一万一！

吴思成：你别激动么。走和坐是不一样的。不是咱的咱能吃能喝能住还能拿，就因为咱是走着的。要坐着可就没那么简单了，先得能坐住才行。坐不住呢？

九娃：坐不住再走嘛。

吴思成：坐不住又走不了呢？

九娃：我听不懂你的话。

吴思成：那你就仔细听。坐住了就是拿住了，拿住了也就坐住了，就啥事也没有。坐不住就是拿不住，拿不住就啥也没准头了。你好好想想我的话。咱十三个，他们一个村，二百多号人。我已经把话说得很直白了，再说就不美气了。你想想蝗虫吧，忽一下，没打招呼没有兆头，你来得及么？

九娃真想了一会儿蝗虫。

九娃：你不说蝗虫我心里还一直嘀咕呢，你一说蝗虫把我提灵醒了。你踩一个蝗虫肉饼再踩一个踩再多对别的蝗虫没影响，你踩你的，我啃我的，踩到我了我死踩不到我照旧啃。这就是蝗虫，不知道死活不知道骇怕么。人和蝗虫不一样，人知道死活知道骇怕。咱一路能吃能喝能拿，是因为软的碰到硬的了，硬的碰到不要命的了。咱是提着命寻活路呢。你想想，咱要是在随便哪个地方碰上和咱一样不惜命的，咱就走不到这儿了。

吴思成开始眨他的眼睛了：说么，刚说出点滋味来了接着说么。

九娃：咱不能只往万一坐不住上想，也要往万一能坐住上想。

吴思成：嗯嗯，越说离万一能坐住越近了，再说。

九娃：骇怕死不敢死，人再多也是单个的，不是一堆，更不是一伙，一杆土枪就能拿住。

吴思成：再说再说。

九娃：真要在这儿碰上了硬拿肉身子往枪口刀刃上扑的，也就认了。

吴思成：好了打住。

吴思成站了起来：话说到这份上，也就说到底了。还说么？

九娃：不说了，没了。

九娃也站了起来：再说就是和他们说了。

六

那天晚上，奉先畤村长赵天乐和儿子包子也有过一次谈话。

赵天乐没想和谁说话，也包括包子。招呼土匪吃过酒席送他们到天地庙以后，他不想和任何人说话了。他穿过村街往回走，许多村人在他们各自的家门口叫他村长。他们叫得很小心。他知道他们想和他说话，想打问点什么知道点什么。他嗯啊噢地应着，没停脚，径直进了他家的大门。他拒绝和他们说话至少有两个理由：一、土匪进村的时候你们为啥不叫村长，吱哇一声老鼠见了猫一样不见了呢？把村长一个人撂在当街上了呢？你们知道他把土匪安顿好，又老鼠一样贼溜溜从门背后溜出来叫村长了。老鼠的村长应该是老鼠，不是赵天乐。二、从放下鼓槌，把搭着任老四的那头毛驴拍回任老四家开始，你们知道村长是怎么挨过来的么？你们知道骇怕他不知道骇怕么？说得不好听一点，屎蛋都吓得上楼！浑身上下从里到外连头皮都绷着劲呢！绷了多长时间？世上还有比应付土匪费体力更费心力的事情没？那时候你们在哪儿呢？都在你们家里缩着呢！现在你们想和村长说话了？村长不想说！连嗯啊噢一声也不想！想知道什么新闻到天地庙找土匪去。更何况，你们想知道的问我也没用，因为我也不知道。知道的是土匪。

他不但拒绝了村人，也拒绝了家人，连他爸赵礼让和他婆娘也拒绝了。他一进门他们就围上来，他给他们竖了一下手掌心，就把他们急切切张开的嘴堵住了，想问的话全噎在了喉咙里。包子也是。他们看着他倒在炕上，闭着眼睛睡了。

包子妈说：算了不问了人安安全全回来了他想睡就让他睡咱都睡。

包子不睡。包子说天刚黑不久没到睡的时候咋睡。他坐在了他爸他妈的炕沿上，说他要守着他爸等他爸醒来。包子妈说你爸累了也许一觉到天亮了。包子说不会的他睡不踏实。他往他爸脸上瞄了一眼，说：我爸虽然闭着眼但眼皮跳哩证明我说的没错。

又说：我爷我奶也睡不踏实的。

又说：全村人没几个能睡踏实的。

又问他妈：妈你能睡踏实么？

赵天乐忽一下坐了起来：你小子听着，踏实也好不踏实也好你让我睡着，你坐在我跟前影着蛤蟆一样咯哇咯哇叫唤着我就能睡踏实了？

包子说：我不影着不咯哇你也睡不踏实的。不就几句话的事嘛。

赵天乐说：我不想说话，不想和任何人说话，也包括你。

包子说：明明都说了几句了嘛。

赵天乐上了一趟茅房，回来又躺下了。

包子很固执，坐在炕沿上不走。

包子妈说：娃想和你说话你就说几句，你不说娃不睡，娃不睡我也睡不着。

赵天乐闭着眼说：没啥说的。

包子说：有。

赵天乐又一次坐了起来：满满一街人，吱哇一声全不见了，就剩我一个人在当街上了。你是我儿你也不见了，我没说错吧？

包子：我以为你也会不见的。

赵天乐：屁话，都不见了土匪咋办？

包子：我也招呼他们吃酒席了。你没叫我我自动去的。不是因为村长是因为我爸。

包子妈：就是就是，娃也是提着心吊着胆去的。

赵天乐用鼻子长吸了一口气，一直吸到肚脐眼那儿，然后，又把它们长呼了出来。他似乎不再拒绝说话了。

包子：好好一场丰收锣鼓让他们搅塌火了。

赵天乐：又是屁话。任老四都搭在驴背上了，他家悄没声儿想着埋人呢，你想的是锣鼓！

包子：好吧不说锣鼓了，说他们。他们杀了人好像没杀一样。

赵天乐：你不能这么想。你按先人说的话去想——天有不测的风云，人有旦夕的祸福。

包子：欠债还钱杀人偿命也是先人说的。

啊啊啊啊！赵天乐立刻瞪圆了眼睛，梗过脖子定定地看着包子。他没想到包子会这么想。你咋能这么想你用的是啥脑子你是！他说。你这么想很危险你知道不你！你朝着这方向想几步就会出事知道不你！他叫了一声包子，他说别看你长到十九了要为人夫了你还是个生瓜蛋子么你！他不想出事，就是出事也不能在包子身上。他又叫了一声包子，他说咱三辈单传啊你爷你奶你爸你妈都巴望你赶紧娶媳妇生娃造人兴旺门庭呢啊哎！嗨！

赵天乐的嘴角已冒出白沫了。他越说越觉得事关重大。他觉得要把事情给包子说清楚靠嘴角的白沫是不行的。他想他得让心情平缓下来，把话头拉回去说。他抹了一下嘴，让心情平缓了一些。

赵天乐：你说的欠债还钱杀人偿命确实也是先人的话。可是，你想没想过，先人的话是给人说的，不是给土匪说的，这你没想过吧？

包子：土匪也是人。

"错！"赵天乐说，"土匪是人，也不是人。"

他不让包子说话了。他要包子听他说。

他说：人行人道，匪行匪道。土匪行人道的时候是人，行匪道的时候是匪。他们说了是误伤，他们把任老四当成黄羊了。假话真话？不能追究。为啥？不重要，因为人已经死了。重要的是，他们这么说的时候，还是人话，还在人道上。你要追究，他们就不会说人话往匪道上拐了，拐到匪道上，奉先時埋人的就不是任老四一家人了。明白不？

他说：接下来给你说偿命。人命能偿么？给钱财不叫偿命，因为人命不是钱财，钱财也不是人命，给再多的钱财死人能用么？能用就不是死人了，也就不用给钱给财了是不是？有本事就偿给他一个命，让任老四活过来，能么？所以，命是没法偿的。我也没见过偿命，只见过抵命，一命抵一命。可是，你想让土匪给人抵命么？小子你听着，这不是人的想法。是人就不能这么想。谁这么想谁就是想做第二个任老四了。你想让谁做第二个任老四？你？还是我？你别吱唔嗯啊了，听我说。

他说：能做的我都做了，对人对匪都做了。我去了任老四家。我给土匪摆了酒席。我把他们安顿在了天地庙。我没让他们拐上匪道。还有更好的办法么？吃一顿喝一顿，安安生生睡一觉，然后就走人了，爱去哪去哪。他们一走，奉先畤还是奉先畤。所以，小子你再听一句，别给我发昏犯浑，别想土匪的事，也别想丰收锣鼓，要想就想想你和芽子的事去。

芽子是包子未进门的媳妇，鞋匠周正良的女儿。

七

土匪没吓着芽子和她爸周正良，因为他们没看见土匪。土匪进村的时候他们已经从村街上回家了。周正良不喜欢热闹。周正良说太乱了太乱了锣鼓震得人头疼回回。芽子说看嘛再看看嘛。周正良知道芽子想看的是包子。周正良说你想看高跷以后嫁给包子让他踩给你一个人看。芽子不情愿回去。周正良说你一对荷包做了一个还有一个呢。一说荷包，芽子就情愿了，跟她爸回去了。

院子里铺了一张芦席。芽子弯腿坐在芦席上做荷包，用丝线给荷包上绣花鸟。她爸周正良坐在屋檐下的台阶上，两腿夹着顶板缅鞋。

芽子突然说：爸哎你听，锣鼓停了。

周正良说：你看你，回来这么长时间心思还在街上。

芽子说真的你听么。周正良正想说不听，门被马鸣撞开了。

马鸣脸蜡黄，扯着嘴用手比画着：土、土土土……

周正良说：唱么。

马鸣：咿呀哎土匪——把任老四打呀嘛打死了！

周正良：啊啊啊是不是？

马鸣：是呀么就是任老四在呀么驴背上血糊滋拉拉……

周正良：再唱啊！

马鸣：咿呀哎锣鼓呀么撂一地人呀么跑光了！

周正良和芽子都有些紧张了。

芽子问包子哥呢。马鸣使劲给她摇着头。

周正良起身关了大门，并使上了横杠。

芽子扔了手里的荷包针线，手抓着马鸣的胳膊：你别抖啊我问你包子哥呢！

马鸣紧夹着两条腿缩着身子：咿呀哎没顾上嘛看哎我尿了么尿了么哎哎！

芽子看见了马鸣尿湿的裤子，咯儿咯儿笑了。马鸣蜡黄的脸又涨红了，身子缩得更紧了，要把自己缩没了一样。

芽子笑得更响了，笑得坐在芦席上了。

周正良：笑笑笑！

芽子说不笑了不笑了赶紧换裤子去咯儿咯儿。

马鸣换裤子去了。

周正良说你看你看，多亏咱回来了。芽子不笑了。芽子说我担心包子哥我去街上看看我不怕。说着就要去抽门上的杠子。周正良嗨了一声，堵住了芽子。

周正良：担心谁也不能出门！

他让芽子给马鸣洗裤子。芽子洗着马鸣的裤子，说她还是担心包子哥。周正良说担心就担心着先在家里听听动静。他们就在家里听动静了，一边听动静一边听马鸣说土匪和驴队，说土枪和长刀。也说了驴背上任老四血糊滋拉的脸面和尻子。芽子更担心包子了。周正良说马鸣你打住别说了。他不想让芽子担心。他说马鸣少见多怪说过火了。

天黑以后，村上终于有动静了。周正良想让马鸣去街上打探消息，马鸣不去。马鸣说不不不。芽子说我去。周正良说你不能去。周正良抽了门杠子，自己去了。

他们就知道了村长给土匪摆酒席土匪住了天地庙，也知道了村长已经回家睡觉了等等。芽子问她爸看见包子哥没有，周正良说包子哥包子哥心里就记着个包子哥！你担心人家人家在他家里门关得牢实又牢实你不骇怕人家骇怕么你知道不？芽子说爸哎你净拣人家不爱听的说！周正良说爱听不爱听是实话么，你担心包子哥你想出去我怕你出去么土匪还在天地庙里呢！周正良又把门后的横杠插上了。芽子说我谁也不担心了我不出去。芽子回她屋了。

马鸣问周正良：土匪还会杀人不？

周正良说：这得问土匪。

马鸣说：噢噢。

马鸣和周正良睡一个炕。进了被窝，马鸣又问：土匪要杀人咋办？周正良说土匪要杀人也杀不到你头上你放心睡。马鸣说会不会杀到你头上。周正良蹬了马鸣一脚，说，天塌下来有大个子撑着呢我是小个子。马鸣说天不会塌下来可土匪会杀人的。周正良又蹬了马鸣一脚，说，前边有村长挡着为啥杀我？马鸣说任老四不是村长。周正良说哎哎你是咋了非把土匪和我往一起拉我真想把你从炕上蹬下去。马鸣说我睡不着么土匪老在我眼前晃呢么晃得我心慌。周正良说把眼睛闭实。马鸣说闭实也晃啊！周正良说那你就受着别问我话。马鸣不再问了。马鸣闭着眼睛咬了一会儿被角，竟睡着了。

周正良反而没睡着，不是因为土匪，是因为芽子。

芽子和包子是春上说的婚。包子十九，芽子十六，和歌里唱的三哥哥四妹子一般大：三哥哥今年一十九，四妹子今年一十六。

在奉先時的人看来，女子长到十六，就长到一生中最好的时候，为啥？水格灵灵么，嫩格生生么。他们是把女子当蔬菜当水果说的。还有一句：嫩得能掐出水来。这就把水格灵灵和嫩格生生连在一起说了。十六岁之前就不嫩不水了？但不能掐，太嫩，不到掐的时候，要掐就要流氓了。十六岁以后呢？能掐，也不流氓，却晚了一些，闪过了一段最好的时光。再晚些呢？再晚再晚呢？你掐去，使劲掐，连她喊叫的声音都听不出水色了。所以，奉先時的人说女子十六的时候最好，不但是说水和嫩，还有"能掐了"的意思在里头。

赵天乐就是依了这一条，一打春就找鞋匠周正良给包子提了婚。也依了这一条还要说服鞋匠尽快同意包子和芽子在当年完婚。鞋匠周正良好像有一些舍不得女儿出嫁，赵天乐专门和他提说过几次，他都支吾过去了。赵天乐让包子想想他和芽子的事，意思是让包子在芽子身上下点功夫，让芽子说动她爸。

周正良确实有些舍不得女儿出门。芽子六岁的时候，周正良死了婆娘，成了鳏夫，芽子成了没娘的娃。周正良本想续一房，看着芽子叫他爸的时候眼睛总是水汪汪的，就打消了续房的念头，怕后续的娘对芽子不好。他一直单身，当爹又当娘，直到芽子能缝补洗刷了，才只当爹不当娘了。芽子是那种很会长的女子娃，眉眼儿身条儿都往好处长，越长越好看。芽子手也巧，喜欢剪窗花做女红，承了她爸的血脉。周正良给人做鞋，芽子就帮着刮鞋底。父女俩刚刚把一个家过得富足又有人情味儿了，咋就忽一下到了谈婚论嫁的时候了呢？周正良有些接受不了，太快太突然了嘛！听到赵天乐要提亲的耳风以后，周正良心里咯噔了一下，啊啊了半晌。啊是不顶用的，再怎么啊，芽子也到了该说亲的时候了，芽子迟早是别人家的一口人么哎哎！

两年前，周正良收了马鸣做徒弟。马鸣没家没舍，流浪到奉先畤。马鸣心眼实在，也勤快，小芽子一岁。小一岁不是问题，说话结巴么，胆小么，做上门女婿太可惜芽子了么，没法和芽子提说么。

但还是和芽子提说了一回，就在听到赵天乐要提亲的耳风以后。他说马鸣来咱家两年了，实在又勤快，对你对我都好，一家人一样。芽子说就是就是我把他当亲弟呢干脆让他给你当儿子。又说，过两年有合适的茬口就给马鸣提一房亲，我走了也放心。芽子压根就没往马鸣身上想么。芽子正在做一只荷包。周正良说噢噢你这荷包给谁做的。芽子从炕头的匣子里取出来一串，排成两溜儿，说，这一溜儿是给你的，这一溜是给马鸣的。周正良说我问你手上的呢。芽子说要做一对呢还没主呢，谁有福气就是谁的。周正良说噢噢你是不是听到村上人说什么了。芽子说爸哎，你今天咋成个啰唆爸了。周正良不啰唆了，就和芽子说到了包子。

周正良：包子他爸要来提亲我咋说？

芽子：该咋说咋说么。

周正良：我就说我要找个和我家芽子般配的。

芽子：这么说啊？人家要问包子般配不你咋说？

周正良：包子端正倒是挺端正的，就眼睛小一点。

芽子：不么。眉毛浓黑浓黑的，眼睛就显得有神了。

周正良：噢噢，我得好好思量思量。

芽子噘嘴了，把荷包扔在一边：我要嫁就嫁在奉先畤，不出村。

周正良不再说了。芽子的心思很明了么。不出村能配上芽子的就只有包子么。芽子分明已经知道赵天乐要提亲么。芽子的荷包就是给包子做的么。

就订了婚。

芽子说：爸哎，我不出村是为了照顾你不是为了别人啊。

嘴上是这么说的，一订婚心就移到包子身上了嘛。一天不说包子就过不去一样了嘛。说天上的事七拐八拐也能拐到包子身上嘛。而且，一句一个包子哥，听着比叫她爸还要亲嘛。八字才一撇啊，他咋就成了比她爸还亲的人了呢？你说亲和亲不一样你爸也知道不一样可心里咋就不是滋味呢？土匪吓得马鸣都尿裤子了，你一个女娃你要上街你说你不怕你担心包子哥！你不怕你爸还怕呢！不是怕土匪把你爸怎么了是怕把你怎么了！你包子哥呢？在他家睡觉呢！

那天晚上，周正良就这么想着想着，把自己想累了，快要睡着的时候，又让敲门声吓灵醒了。有人敲他家门。他头皮一下绷紧了，连蹬了马鸣几脚：快快马鸣！

马鸣忽一下坐了起来。周正良听见芽子噔噔噔开门去了。周正良一边啊啊啊叫着一边穿衣服要下炕。衣服没穿好，芽子已经到屋门口了。

芽子说：是包子哥。

周正良浑身绷着的劲立刻松散了，靠在炕墙上呼了一口气。

芽子说：包子哥说他想和我说几句话。

周正良：人呢？

包子说：在哩，我和芽子说几句话。

周正良浑身又有劲了，坐直了身子：进来！

包子和芽子都进屋里了。

周正良冲着包子说，你偷偷摸摸来过我家多少回了你以为我不知道？你每次来要么让芽子给你留着门要么贼一样撬门关子今晚咋就敲门了？包子说今晚也撬了，可门后边插了横杠子么。周正良说你看你把马鸣吓成啥了！马鸣说没没没我怕是土土土匪么。马鸣缩到被窝里去了。包子说我爸说土匪在天地庙睡一晚明天就走了。芽子说爸哎你看你没完了。芽子拉着包子要去她的屋，周正良说别啊我有话要问。芽子又叫了一声爸。周正良说好吧不问了想问的已经知道了。周正良也缩进了被窝，自己给自己嘟囔着：说去吧我不松口看你能说个啥！

包子也确实没说个啥。他们先说了几句土匪。芽子问土匪啥样，包子说人样，不骑马不骑骡，全骑驴，一人一把长刀，还有一杆土枪，吓得满街一个人也没了。芽子说你骇怕不。包子想了一下，说，骇怕么。芽子说你骇怕这么晚还出门。包子说当时骇怕后来就不怕了还招呼他们吃酒席了。芽子说马鸣吓得尿裤子了他一说土匪我就担心你了，我爸不让我出去。芽子的眼睛忽一下泪盈盈了，手指头捏着包子布衫上的纽扣。芽子说你都不知道我急成啥了我爸咋说我的。包子揽住了芽子的腰。包子说我爸也说我了不让我想土匪的事，我爸说土匪一走奉先時还是奉先時他让我想我和你的事，我想不出个结果就找你来了。包子把芽子抱得紧了一些。包子说我爸找你爸一回你爸支吾一回找一回支吾一回。芽子把头埋在包子的胸脯上了。芽子说你想么我一走就我爸和马鸣了。包子说迟早的事你咋想嘛。芽子叫了一声包子哥。芽子说你别急嘛我不想让你急我爸也知道是迟早的事。包子一只手伸到芽子的衣服里了，捂到什么上了，出气立刻粗了。芽子想出声怕她爸听见，就咬着嘴唇不出声，让包子捏摸着。包子不安分了，另一只手要解芽子的衣扣，芽子使劲给包子摇着头，按着包子的手不让解。包子说我看看我想看。周正良咳嗽了一声。芽子忽一下摘离了包子的手。芽子声音高了一些，说，才做了一只做好了看嘛。包子听不明白，芽子低声说是说给我爸听的。包子的手好像没地方放了，很失望的样子。芽子不想让包子失望，又把包子的一只手拉进衣服里。包子又捏摸了。芽子说包子哥你可要对我好。包子说嗯。芽子说包子哥我是你的人了，我心里早就是了。包子说嗯。芽子说包子哥你再这么一会儿我就没办法了。包子说嗯。周正良又咳嗽了一声。芽子说包子哥你不走我爸睡不着的。包子说嗯。包子又捏摸了一会儿。

包子和芽子

八

赵天乐早早起来了。包子妈给他端了一盆洗脸水。他问包子呢。包子妈说昨晚出去后半夜才回来睡着呢。咋啦？他说不咋。他胡乱洗了几下，擦了擦，就把擦脸巾扔在水盆里。包子妈说不行不行没洗净，把擦脸巾捞出来让他再洗。他又洗了一遍，让包子妈看：净了没？包子妈在他脸上仔细看了一会儿，用洗脸巾在他眼角那里擦了几下，说，净了。他们都想不到，这张脸很快会嘭一下就没了。

赵天乐说：包子起来别让他出门，在家刷房子。送走土匪我就去找鞋匠。躲过初一躲不过十五的。

出门时又叮咛了一句：记着别出门。

包子妈说知道了你不叮咛也不让他出去的，土匪不走都小着心呢，许多人家连门都不开呢。赵天乐说可笑，土匪要进谁家门杠子顶着也没用的。包子妈说知道了门开着人不出去。

然后，赵天乐就去了天地庙。

土匪不像要走的样子么。晚上睡觉的铺盖在院子里胡摆着没收拾么。十几头驴在庙殿后边拴着没拉出来么。气氛好像有些不对劲，从庙门到庙殿这一段路，土枪手和那个叫瓦罐的在他后边像押犯人一样么。看着他进了庙殿他们又回到庙门口把守去了。院子里的土匪一个个脸都像生铁一样，看着他往进走不打招呼么，不像昨天在酒席桌上的那一帮人了么。

这就更得小心一点了，怎么也要让他们说人话，不说匪话，平平顺顺地送他们走。

进庙殿的时候，赵天乐就是这么想的。

从看见土匪的那一刻起，他都是这么想的。这是个耐心的活儿。从始到终都要有耐心。每一句话都得耐心。

九娃和吴思成在烧香叩头用的布垫上坐着，专门等他一样。

赵天乐想让自己放松一些，扭头朝庙殿外边瞄了一眼，说：都刚起来啊，我紧赶慢赶以为你们早起来了。

吴思成拉过一个垫子让赵天乐坐。赵天乐说噢噢，和九娃面对面坐了。

九娃揉了一下眼，说：没睡好，想了一夜事情，越想越睡不着。

赵天乐也揉了一下眼，说：我也是后半夜才睡的，一想天地庙还有一帮客人要送得早起，就硬睡了，也没睡好，洗了两次脸，眼角的眼屎还是婆娘给擦的。

九娃给吴思成说：你看，我没想错吧。

吴思成说：就是就是。

赵天乐觉得他们说的好像和他有关，演双簧一样。他解不开他们话里的意思，就说：你想我早上起来要洗两次脸了？想我洗两次脸还洗不净眼角的眼屎了？我不信。

九娃说：不是不是。我在想，你把我们当成要饭的了。

啊啊？赵天乐没想到九娃会这么说。没有啊，咋会呢？从你们一进村，你想想，我把你们当要饭的了？没有没有，有给要饭的摆酒席的么？

九娃：摆酒席打发我们么。

赵天乐：打发？摆酒席？还装了粮啊。

九娃：对啊，吃点喝点再拿点睡一觉赶紧走，就是打发嘛。

赵天乐心里紧了一下。他想起了他昨晚上给包子说的那些话。土匪这么说好像也没说错啊。他心里又紧了一下：不能让土匪这么想啊。

赵天乐：噢噢，你是这么想的。

九娃：不这么想还能咋想？把你和我掉个个儿，把你换成我，你会咋想？

赵天乐：想成欢迎呢。

九娃：欢迎你们来。吃点喝点拿点，然后走人，还是打发嘛。

赵天乐：好心好意得往好处想。照你这么说的话，酒席就摆错了。

九娃：错不在摆酒席，在打发。你早早来天地庙，就是打发我们走嘛。

赵天乐：别这么想啊。我说打发了么？我说我来打发你们了？

九娃：你没说打发，你说送，换了个说法，把老鼠叫了个耗子，你说是不是？

赵天乐：不是！我说不是！

赵天乐忽一下急了，躁了，瞀乱了，从垫子上站起来，来回走着。

赵天乐：我都不知道我该咋说了。我都不想说了。我真想从这儿走出去。真是奇了怪了，世上还有你这么想事情的人！

他突然又站住了，不说了。他自个儿说的话把自个儿提灵醒了：和他说话的人就是世上这么想事情的人嘛。他被自己刚才说的话吓住了。

九娃：说么，再说么。

赵天乐舒了一口气，又坐下了：好吧，我说。我是说，咱说话要好好说。咱好好说行不？打发，送，送，打发，你们把我搅糊涂了。你冤枉我了嘛。我没想打发，也不想打发，你非要说打发。我想不来咋样就不是打发了，你说个不打发的，我就按你说的不打发做去，行不？

九娃：咱不说打发了。问你个话。

赵天乐：问么。你好好问，我好好说，咱都好好的。

九娃：你见过蝗虫么？

赵天乐：蝗虫？没见过。听老人说过，蝗虫到过的地方寸草不留。

九娃：你咋就没见过蝗虫呢？

赵天乐：没到这来么，托老天爷的福。

九娃：你说蝗虫该到啥地方去不该到啥地方去？

赵天乐：这你就把我问住了。不知道。

九娃：老天爷不公嘛。你说老天爷公不公？

赵天乐：这你又把我问住了。说不来，咱咋说到蝗虫上去了？

九娃：那就不说蝗虫了。你昨晚上想啥了？

赵天乐：刚说了嘛，想你们了么，你千万别往歪处解啊，我可没想打发，我想你们是客人。还想了些家务事。儿子大了，该娶媳妇了，都是些琐碎事。

九娃：我想老天了。我想的是老天不公。

赵天乐：噢噢，你们是走世界的人，经见得多，想的都是大事情。

九娃：老天不公，人就得出手。我这么想对不对？

赵天乐：解不开，还真解不开你这话。

九娃：你想没想任老四？

赵天乐：没有。已经死了么。活人的事情都想不过来，死人就不想了。

九娃：那你想想，任老四为啥死了？

赵天乐想了一会儿。九娃一说到任老四，他头皮就紧了一下，他想他每一句话都要小心说，说好。

赵天乐：想一想，好像是人的事，是人用土枪打死了。仔细一想，还是老天爷的事。老天爷给他的寿数到了，就在那一忽儿让他变成黄羊了，撞到土枪上了。

九娃：你不想撞土枪吧？

坏了，要往匪道上拐了。赵天乐的头皮又紧了一下。他感到他的头像苍蝇扇了一下翅膀，又扇了一下。他不敢往九娃的脸上看。

赵天乐：不想么。

九娃：刀呢？

赵天乐：也不想。都是要命的东西么。

九娃：你刚说了，咱都好好的，是不是？

赵天乐：对么对么。咱都好好的。

九娃：我想让我们这一伙在奉先峙扎下来，你是村长，你觉得咋样？

赵天乐：扎下来？

九娃：你想想栽树。把树从别的地方挪过来，栽上，浇水。栽树你该知道吧？

赵天乐不说话了。

九娃：你要觉得难办，就先给我们筹几石粮食。这不难吧？

赵天乐：说难么，也不难，说不难么，也难。就看咋想了。就是，你说的先是啥意思？

九娃：先的意思就是把筹粮放在前边，然后再说栽树的事。

赵天乐：噢噢。

赵天乐说他听明白了，他得回去了。九娃问赵天乐要不要派几个人跟着去帮忙，赵天乐说不用。九娃说有麻烦我帮你解决。赵天乐说噢么。

九娃看着赵天乐出了庙门。

瓦罐从庙门口跑进来问九娃：来了咋又走了？弄酒饭去了？

九娃没理瓦罐。他心里不踏实，问吴思成：咋样？

吴思成说：我看不咋样。

九娃说：那就得杀人了。

瓦罐瞪大眼睛，说，杀人？杀谁？

九娃抬头看着瓦罐。瓦罐说别看我啊好像要杀我一样。瓦罐转身要走，九娃说你别走。瓦罐的眼睛又瞪大了。瓦罐说不会吧。九娃说不杀你让你杀行不。瓦罐啊了一声说不会不会吧。九娃要看那张牛皮纸。瓦罐一边掏一边说，你昨晚看过了还看啊。九娃看着牛皮纸问瓦罐，你想咱村不？瓦罐说想啊实话实说我更想我媳妇。九娃又问瓦罐，按牛皮纸上的记号能走回去不？瓦罐说不看记号也能你刚说杀人现在又说回村。九娃说一回事。瓦罐说我听不明白。九娃说村长筹粮去了，筹来粮你就把粮送回村上去。顺便看看你媳妇，也看看大家的媳妇。筹不来粮你就给咱杀人，然后再筹粮再回去，这下明白了么？瓦罐说明白了太明白了。可是，为啥要我杀？九娃说大家都想媳妇你最想让你回去看媳妇么。瓦罐说是的是的我最想媳妇可为啥非要把杀人和想媳妇看媳妇拉在一起，让打兔的杀不行么？九娃说打兔的没媳妇不是咱村的人我选中你了没选中他。瓦罐说是不是村长。九娃说也许是也许不是，到时候看情况。瓦罐从刀鞘里抽出他的刀看了看，问九娃：就用这？九娃说废话。瓦罐说我怕我下不了手村长给咱吃肉喝酒挺好的。九娃说筹不来粮就不好。瓦罐说人急了才会怒从心中起恶向胆边生村长不像那种让人发急的人。九娃说你驴日的想媳妇的时候急不急，他筹来粮你才能回去见你媳妇他筹不来你急不急？我看你驴日的是没胆气尻子松。吴思成说你手里拿的是护胆夺命刀你先护胆嘛，胆气旺了就敢夺命了。瓦罐说好吧我去院里挥几下刀给自己吆喝几声。我先想媳妇再想他驴日的筹不来粮挡了我见媳妇的路，然后我就生气了，越想越气越想越气，就怒从心中起恶向胆边生了，行不？九娃说你先别去院子你去村里看看动静。瓦罐立刻紧张了，问：我一个人去？九娃说叫上打兔的。瓦罐说我一个人去也行但人多力量大么。

瓦罐和土枪手很快就回来了。瓦罐说村街上狗大一个人也没有，村长根本没筹粮在他家刷墙准备给儿子娶媳妇呢！九娃说，是不是？瓦罐说我去看了嘛和他儿子一人一个泥水盆一块抹布往墙上刷泥水呢，我险些恶向胆边生了但还是回来给你说一下好。

九娃给吴思成说：我去看看。

吴思成有些担心，问九娃：行不行？九娃说人不是蝗虫我给你说过的。瓦罐问他和打兔的去不去，九娃说废话。瓦罐说我还没护胆呢。九娃说我真想让打兔的把你的头轰了去。瓦罐摸了一下头说，好吧我一边走一边护。

瓦罐没说错。赵天乐和包子用抹布蘸着泥水漫刷着他家一间屋子的墙壁。泥水是用细土和成的，漫刷后墙壁会变得平顺又光亮。

九娃他们刚到大门口，包子妈就慌神了。包子妈说来了来了还多了一个人咋办，赵天乐说你到上房屋，照看两个老人去，包子妈就上了上房屋。

九娃他们就到屋门口了。

瓦罐说你看咱来了他们好像没事一样还在刷。

九娃看着他们刷了一会儿墙，然后让包子出去。包子看看九娃，又看看他爸，不知道他该不该出去。九娃说你最好出去。赵天乐说让你出去你就出去，包子就去了院子。赵天乐说我刷墙啊刷墙不耽误说话。九娃说刷么没人不让你刷墙可你没筹粮么。又说，你就没想筹粮的事么。赵天乐说我想了把头都想疼了，想来想去还是得让你们走，奉先時要过正常的日子。

"噢噢。"九娃不说话了。九娃点了几下头，然后又说了。

九娃：在天地庙说的话白说了，你一句也没听进去。

赵天乐：我没法听么。

九娃：为啥？

赵天乐不刷墙了，扭过身子看着九娃。

赵天乐：因为你不好好和我说。因为你说的是匪话。

九娃也看着赵天乐，好像给赵天乐笑了一下。赵天乐扭回身子又刷墙了。

九娃：这村长你当不成了。

赵天乐：为啥？

九娃：你不听话么，我换个听话的。

赵天乐又把身子扭过来了：你？你换？

九娃：噢么，我换。

赵天乐：奉先畤的村长要由奉先畤的人换吧？

九娃：我让他们换。

赵天乐笑了：那肯定还是我，不信你试去。

赵天乐又扭回身子刷墙了。

九娃：奉先畤的人能让死人当村长不？

赵天乐：我没死么。死不死由老天爷说呢。

九娃：别人由老天爷说，你由我说。

赵天乐又扭了一回身子，这一次扭得很快，忽一下就扭过来了。他看见那杆土枪已经到了九娃的手里。他一动不动，眼睛越睁越大。他手里的泥抹布滴答滴答往下掉泥水。他的腿正在发软，打抖了。

赵天乐：别，你别，我和他们说筹粮……

九娃：晚了。

九娃抬手一勾，嘭一声，赵天乐的脸就没有了。

瓦罐惊呼了一声：哇！他看着赵天乐的肚子往前腆了一下，整个身子就重重地撞到了后边的墙上，弹了几下，顺着墙壁溜下去了，折在了墙根下。他手里的泥抹布竟然没飞出去，在手里攥着，和手一起落在了旁边的泥水盆里。

包子叫了一声爸，跌绊着过来了，没等看见他爸，就被瓦罐和土枪手扭住了胳臂，揪住了头发，跪在了屋门外边。包子叫喊着：我要看我爸！

九娃几步就到了包子跟前，把土枪头塞进了包子的嘴里，对哭着喊着跌绊着从上房屋跑出来的包子妈包子爷包子奶说：别动！

他们立刻收声不动了。

九娃杀了赵天乐后用土枪威胁包子

包子被土枪撬开的嘴里往下流着口水。

九娃给包子说：让村里人去村公所。

包子眼睛往上翻着，看着九娃。

九娃：让男人们去，听见没？

包子妈：听见了听见了包子你听见了！

九娃：听见没？

包子给九娃使劲点了几下头。

九娃说听见了就好。他把土枪从包子嘴里拔了出来，给瓦罐和土枪手说，放开他让他看他爸去。

包子没起来。他抱着头把自己蜷成一疙瘩，喉咙里呜一声呜一声响着。

九娃他们还没走出大门，包子妈就跌绊到了赵天乐跟前。她抱着赵天乐的身子哭着叫着：包子啊你赶紧看你爸是你爸么你爸脸咋不见了哎啊啊啊啊……

包子蜷曲着，呜呜着。

九

芽子说爸啊你能坐住包子他爸让土匪杀了你能坐住

啊! 芽子又跺了一下脚。已跺了几下了。

周正良正在绑鞋,马鸣在纳鞋底。他们一人一副顶板,并排坐着,在院子里。

芽子:你吭声啊爸!

周正良没吭声。他绑好了那只鞋,把鞋从顶板里取下来,用剪子剪断了针线。把鞋拿在手上前后左右看了看,起身进屋了。

芽子用手背抹眼泪了。

马鸣说别嗯哎哭啊。

芽子背过身去了,哭出声了。

周正良拿出来一只鞋,和刚绑好的那一只放在一起端详着,比对着。它们是一对儿。每绑好一双鞋,周正良都要这么放在一起比对端详,是检查也是欣赏。马鸣说哭了你看。周正良说楦子。马鸣噢一声起身了,腿脚很快,取来了放楦子的木箱。周正良从里边取了几块合适的,把它们一块一块塞进鞋窝里,砸实在了,两只鞋立刻有了精神和生气,鼓绷绷的。他把它们并排放在了窗台上。

这才到了芽子跟前。

周正良拉了一下芽子的胳臂:不哭了不哭了。

芽子把身子趔到一边了,哭得更厉害了,抹不完的眼泪水。

周正良说芽子不理她爸了是不。又拉了一下芽子的胳臂：不哭了行不？

芽子把身子趔到另一边了，还在哭。

周正良不拉芽子的胳臂了。周正良说不理你爸了你爸就没办法了你哭吧。

芽子：是你不理我！

又哭去了。

周正良说理嘛理嘛刚才忙着绱鞋最后几针嘛现在理嘛。

芽子：我让你和我去包子家你不去我说我去你不让。

周正良：包子哥变成包子了。

芽子：叫包子哥你笑话嘛你去不去？

周正良：不去。

芽子：我去！

周正良：我说的是现在不去。你想不想知道为啥？

芽子：为啥？

周正良：你知道包子家现在是啥情况么？你知道土匪还会不会再去包子家呢？包子现在年轻气盛土匪杀了他爸他会不会提一把砍刀和土匪拼命呢？包子和土匪拼命你和我在

旁边是跑呢藏呢还是给包子帮忙呢？躲了藏了跑了会给人留下一辈子的话把儿，帮包子一起和土匪拼咱拼不过的。土匪是匪咱是人啊，人能拼过匪么？拼不过硬拼结果人死了匪还是匪。包子他爸死了包子还好好的就证明没拼，这你想过没有？包子他妈他爷他奶也没拼啊，这你想过没有？这一回没拼再来一回呢？你连这些都不想你就去包子家去包子家包子包子包子情况不明咋去？去了回不来咋办？包子他爸那么聪明的人也没想到今天是他的死期！你知道去了会发生啥事情？你咋知道土匪不会再去包子家？

也说了芽子和包子的事。他说包子家刚遭了难这时候说这事好像有些不仁不义。他说包子能配上你不光是因为包子，也有他爸的原因。包子说话走路做事有底气，一半是他爸给的。把村长的原因撂在一边不算，包子他爸要是个傻子瘸子二流子你看包子说话走路做事还有没有底气？就算有底气，也不会那么有底气。现在情况变了，他爸死了，给他长气的人没有了，包子还是不是以前的那个包子就难说了。

芽子叫了一声：爸！

周正良：好好你不爱听就不说了，再问你一句话总行吧？

芽子：啥话？

周正良：你先不要急着回答你想好了再回答。我是说，包子要不是以前那个包子了你，我问了啊，你还嫁不嫁他？

芽子：嫁。

周正良：为啥？

芽子：你问的不是一句了。

周正良：再问一句么。你回答得也太快了么。

芽子：你这是给人家伤口上撒盐呢爸哎！

周正良：撒盐？你把你想成盐了？你是盐，难道？

芽子：我不做落井下石的事。

周正良：那也不能跟着往井里跳啊芽子！

芽子：我就跳我认准他了不和你说了。

周正良：不说了不说了我也是闲问呢。你想么，土匪还在呢，不定会出什么事呢。包子真要去天地庙和土匪——你想想，咱说这些还不是闲闲的闲话？

芽子急了。芽子说你别这么想不让你这么想，要捂她爸的嘴。嘭嘭嘭，有人敲门了。

马鸣的腿立刻夹紧了。

周正良说赶紧，推了一下芽子，让芽子去屋里。

是包子。包子又敲了几下门说：鞋匠叔是我。

"包子哥是包子哥！"芽子像雀儿一样叫着，打开了门，让包子进来。

包子没进来。包子头上戴着孝布。包子的脸像霜打过的树叶一样。

包子说鞋匠叔土匪让村上的男人吃过饭去村公所选村长呢。

包子的声音也像霜打了一样。

芽子说包子哥你进来你进来说。包子说我戴着孝不能进邻家门。芽子一把拉掉了包子头上的孝布。芽子说你头上没孝了这儿也不是邻家你来我让你进来嘛。包子说还有几家没传到呢。芽子说没传到待会儿传进来！芽子嗯呀一拉，就把包子拉进了门。

芽子关上门，回身看着包子。

包子整个人也像霜打了一样，低着头。

芽子的眼泪忽一下涌出来了。

芽子：包子哥。

芽子用两个手轮换擦着眼泪。

马鸣说别别别哭啊。

周正良说：往里边一点隔一道门外边能听见。

芽子干脆把包子拉到她屋里去了。周正良说屋里也好更保险，就在屋外边听芽子和包子说话。

芽子又叫了一声包子哥。芽子说我要去看你的。包子摇着头。芽子说包子哥你嘴咋了你心里苦你咬嘴了。包子摇着头说，他们用土枪戳的，他们揪着我头发扭着我胳膊把土枪塞到我嘴里不让我动。包子呜咽了。包子说和我爸说了几句话就放枪了把我爸的脸打没了唔唔唔。包子哭了，蹲下去了，手捂着鼻子和嘴，硬不让自己哭出声来。包子说他们要我爸筹粮我爸先不愿意后来又愿意了他们说晚了就朝我爸放枪了，咿咿咿，我刚叫了一声爸他们就塞土枪了我憋屈啊！唔啊！包子放声哭了。包子说我想找个地方哭一场在家我不敢哭我妈已经哭死过去几回了还有我爷我奶咋办嘛唔啊，啊！

　　芽子拉着包子的胳膊一声一声叫着包子哥，不哭嘛不哭嘛不哭嘛，说着说着也哭了。屋外的周正良和马鸣也掉着眼泪。周正良还掉了几滴清鼻涕。周正良说芽子你就让包子哭几声他心里苦嘛。

　　包子说我不想骇怕我知道土枪打了我爸就没火药了可我还是骇怕他们还有刀嘛啊啊！他们打死了我爸还要我挨家挨户叫人去村公所我不想叫可还是叫了嘛啊啊！包子说每到一家我就想说你们别去了我不敢这么说嘛啊唔唔，唔。

　　包子不哭了。包子擦了眼泪和鼻涕，说他得走了。芽子不想让包子走，她想把自己变成一样东西，软软的暖暖的一样东西，把包子包在里面。她想她能的，只要想就能。她让包子晚上来她这儿。她说包子哥你晚上再来。

周正良把窗台上的那双新鞋给了包子。他说这是你爸让我做的没想到出了这么大的事。他说刚做好椁子还在里边你连椁子都拿去给你爸穿的时候再取出来。他说我不要钱算我送你爸的让你爸穿上新鞋去。他还给包子说，村长选不出来的没人能把村长当得像你爸一样。他说奉先畤没有人昧着良心当这个村长的不信看么。

包子走了。芽子问她爸去不去村公所。周正良说去么，我和马鸣都去。没人敢不去的，不信看么，谁不去村公所土匪就会去谁家的。

十

奉先畤的男人都去了村公所。七八十人蹲坐在村公所的院子里。昨天用过的锣鼓家伙和柳木腿在台阶上随便扔着，好像和院子里的这些人没什么关系一样。

包子也去了，在人堆里，戴着孝布，把头在臂弯里埋着。

土匪没有全去。九娃给天地庙留了两个人，让他们盖厨房。

选村长用的是抓阄的办法。九娃说让你们推选你们没人吭声，我指定一个人又怕不合你们的心意，那就抓阄吧，谁抓到谁当，公平合理，村长就是发话的人，你们每个人都能当。

土枪手在九娃跟前站着，端着那杆装满火药和铁砂的土枪。其他几个人提着他们的护胆夺命刀，分开站着。他们不紧张，因为九娃还宣布了一条规矩：蹲着也行坐着也行，只要不站起来就行，谁要站起来谁就是不想活了。所以，他们只瞄着有没有人要站起来。

瓦罐和吴思成在一间屋里团着纸蛋蛋。桌上放着一个铙钹，是瓦罐从台阶上随手拿的。他们团好一个纸蛋儿就扔在铙钹的凹窝里。瓦罐一边团一边给吴思成发着感慨。

瓦罐：咱一路上也杀过人，都是急眼了胡乱杀的。这一回不是，好好的正说着话，头儿拿过土枪说了一句晚了，抬手一勾，嘭一下，村长的脸就整个儿被揭走了。神勇神勇。我都护好胆了，等着头儿发话呢，嘿，头儿自个儿做了，用土枪。还是土枪解馋，嘭一下。

只剩一个小纸片儿了。瓦罐把纸片儿举起来看着，

九娃逼迫村民在村公所选村长

说：你就是村长了。他用小竹筒给纸片儿上按了个红圈儿，吹了一口气，说：我团了啊？吴思成说困么。瓦罐把那张纸片儿团成了纸蛋儿，扔进铙钹里，胡乱搅了一阵。他端起铙钹又说了一句：能这么选皇上多好，我死活也要蹭着抓一个，碰运气嘛。

端着铙钹的瓦罐站到九娃跟前了。

瓦罐给九娃说：按人头团的，一个不多一个不少。

九娃：让他们抓吧。

瓦罐挨个儿让奉先時的男人们抓纸蛋儿了。瓦罐说一人抓一个，抓着了就赶紧拆开看，看到红圈儿就说，一说就是村长了。

院子里只有抓纸蛋儿的声音了。也能听见出气的声音，抓的时候都提着气，一看没红圈儿就呼出来了。

包子也抓了一个，没有红圈儿。他也出了一口气，把纸片儿扔在了脚跟前。瓦罐说别扔啊都扔了就说不清了。包子又捡了起来。

周正良不让马鸣抓，他说马鸣是未成年人。瓦罐说抓，不抓就会多一个纸蛋儿，刚好是有红圈儿的咋办？马鸣就抓了一个。

周正良也抓了一个，他正要拆他的纸蛋儿，马鸣叫起来了：不不不不！周正良说咋了咋了，马鸣抽扯着嘴让周正良看他拆开的纸蛋儿。瓦罐折转身，一把夺了过去，看了一眼，又仔细地看了一眼，然后就看马鸣了。

瓦罐：咋让你给抓到了嘛你说。

没轮到抓的都不用抓了，都长出了一口气。

马鸣的脸已经不像人脸了：不不不！

九娃走过来，拿过纸蛋儿看着。

周正良急了，要起身说话，被瓦罐一脚踹倒了。

瓦罐给九娃说：没错，就是这一个，我按的嘛。

被踹倒的周正良说：他当不了当不了村长！

九娃看着周正良，说：你咋知道他当不了？

周正良：他十五岁，是个结巴，他不是奉先畤的人是我收的徒弟。

九娃说：那你就替他当。

周正良愣了，看着九娃，眼珠子一动不动。他在地上坐着。

马鸣要哭了：不不不不！

瓦罐举起手里的铙钹，照准马鸣的头扣了下去。马鸣叫了一声，倒在了周正良怀里。

九娃给院子里的人说：你们有村长了。

村人们起身了，一个跟着一个，悄无声息地往外走了。

瓦罐说：明早村长收粮，每户一斗。

吴思成快速地眨着小眼睛走到九娃跟前，说：你没说错，人不是蝗虫，再多也是单个的。

周正良突然叫了起来：别走啊我不能替马鸣啊马鸣当不了啊你们不能走！

他们好像没听见周正良的喊叫，撂下了周正良和马鸣。

周正良给九娃说：我当不了。

土枪手看了一眼九娃，忽一下把土枪顶在了周正良的额颅上。

九娃问周正良：能当不？

周正良不说了。他感到马鸣又尿裤子了。马鸣在他的怀里。他说马鸣你尿裤子了。马鸣说没没没有。马鸣自己不知道。他说马鸣回吧。瓦罐说记着明天的事。

周正良一到家就躺在炕上睡了。芽子问马鸣，才知道了选村长的经过。马鸣说都是他害了师父，把奉先时的祸患惹到师父身上了。他说他想把他的手剁了去。他说芽子姐我是个没出息的人我自个儿洗裤子去。马鸣头上起了一个大包。他说他头疼他也想睡一觉去。芽子抓着马鸣的胳膊说你不能睡你得给我说清楚！芽子说你结结巴巴说了半天我还没听明白我爸到底是不是村长了。马鸣说土匪说是了师父啥也没说土枪在师父额颅上顶着呢，师父没说他是不是只说我尿裤子了。

芽子不再问了。芽子感到她浑身忽然一下没了力气，连问话的力气也没有了。她坐在屋檐下的台阶上，一直坐到了天黑。

后来，包子就来了。

芽子没像她想的那样安慰包子，正像她爸周正良说的，情况变了。芽子反倒需要包子的安慰了。芽子说包子哥咋成这样了咋能这样嘛天要塌下来一样，我爸一回来就埋头睡不吃不喝咋问也不说话我不知道该咋办了一直在院子里坐着呢你说我咋办我爸咋办呀嘛。

包子：不知道，我也不知道。

芽子说我知道的你也在难过你家遇那么大的事情。

包子：我的难过快过去了，现在落到了你爸身上，难过还在后头呢。

芽子说包子哥我不想让你难过也不想让我爸难过。

包子：不知道你爸当不当村长？

芽子说不知道么一句话不说问马鸣结结巴巴说了半晌说不清。

包子：明早就知道了，收粮了就当了不收粮就没当。

芽子说不能当嘛包子哥可不当咋办呀嘛当也不是不当也不是。

包子好像要走的样子。芽子说包子哥你想走就走吧我今晚肯定不睡了我得守着我爸。芽子说我想得好好的等你晚上来我好好待你我没想到成这样子你不会怪我吧包子哥。

包子：我不怪你。

芽子把包子的一只手拉到她脸上放了一会儿。芽子说包子哥你可要对我好啊不管咋样你都要对我好。芽子说我明天一早就到你家给你说我爸当没当村长。

第二天早上，芽子真去了包子家。包子打开门，没等芽子开口，就说："我知道你爸当村长了，我听见锣声了。"

包子好像没有让芽子进门的意思。他们一个门里一个门外。

芽子：我爸半夜起来像换了个人一样。我爸问我芽子你想不想我死，我说不想。我爸说那你给我做碗面我饿了。我给我爸做了一碗面。我爸连汤都喝净了，然后又睡了。我问他当不当村长他不说。大清早来了两个土匪叫我爸，村长村长收粮去，我爸就去了。

包子说：你没拦你爸？

芽子：我想拦挡，又没拦挡。

包子说：噢么。

芽子要流泪了：我不想让我爸当村长也不想让我爸死。

包子妈在屋里叫包子：包子包子你来把这让芽子给她爸拿回去。

包子拿出来一双鞋。芽子的脸立刻煞白了。她看见是她爸做的那一双。

包子说：我妈让你拿回去说我爸有鞋穿。

芽子的脸又涨红了：包子哥你不能你不能这样。

包子说：我爸真有鞋他只能穿一双没法穿第二双了。

包子把鞋塞到了芽子的手里。

眼泪水在芽子的眼睛里打旋儿了。

芽子：包子哥，你不理我了是不？

包子说：没有不理么，我爸不能穿两双鞋入土……

芽子咬住嘴唇，没让眼泪水滚出来。她转身跑了，抱着那双鞋，越跑越快。

跑到她爸跟前的时候，芽子已经满脸泪水了。

周正良提着一只铜锣，每到谁家门口就敲一声。本来不用敲锣，各家各户该把粮交到村公所的，但等不来人。九娃派来帮着收粮的瓦罐和土枪手躁气了，要挨家挨户踹门。周正良拦住了他们。周正良说收粮是个麻烦事就看麻烦谁了，交到村公所麻烦一村人。你不是要挨家挨户踹吗？咱不踹，咱挨家挨户收，就只麻烦咱三个人。他让他们回天地庙拉了两头驴。村公所有大粮袋，他给驴背上各搭了几条，又提了一面铜锣。他说咱挨门挨户走一趟，这些粮袋就会装满的。他们就这么收粮了。每到一家，敲一声锣，主人就会打开门，把盛粮的粮具或口袋放在门口，等周正良把粮倒腾进驴背上的大粮袋，再把他们的粮具用脚勾进门里。他们不看周正良，也不看瓦罐和土枪手。有人还会朝旁边吐一口唾沫，关上门。瓦罐说他吐咱呢！周正良说没吐你吐我哩。瓦罐说那也不行你是村长他们咋能吐村长！周正良说他喉咙刚好难受了想吐一口村长刚好收粮来了。瓦罐说你这村长这么收粮太窝囊了。周正良说不不不我每天坐着绱鞋这么收粮正好能舒筋展腰。他还提醒关门的人说：别关门了粮一交就没事了每天关在屋里不管地里的庄稼以后就没日子过了。

啪嗒啪嗒，两只鞋扔到了他的脚跟前。他很诧异。他先诧异的是那两只鞋，然后是芽子满脸的泪水。他说我好好的没死啊你咋哭成泪人了。他给瓦罐和土枪手笑了一下，说：我女儿。

芽子：包子哥不理我了。

周正良这才看清了那两只鞋。

周正良：不是给包子他……噢噢，不要了。不要了就撂了去。

瓦罐说哎哎新新的没沾脚咋就撂了去我穿。他捡起了那两只鞋。

芽子：我真想把驴背上的粮食掀了去！

正在试鞋的瓦罐把头扭过来说：为啥？芽子说没和你说话。

芽子又和她爸说了：昧良心的话是你说的。

周正良：那是我昨天说的。现在情况变了，我不那么想了。我没昧，我比他们勇敢。

又说：这儿不是说话的地方你先回去给我晒一盆水。

瓦罐问土枪手：他们在说啥？

土枪手：听不来。

瓦罐看了一眼芽子：这女子挺水灵的么。

芽子朝旁边呸了一声，走了。

瓦罐给周正良说：你女儿不是喉咙刚好难受了吧？

周正良：也许吧。

瓦罐说：她脾气不好。

周正良：咦！坏极坏极。

瓦罐脚太小，穿不了那双鞋。土枪手穿着正好。

土枪手没穿，他把那双鞋别在了腰里。

十一

周正良一到家就问芽子给他晒好水没有。芽子说晒好了一大盆。周正良让马鸣帮他把大水盆抬到房背后。他说马鸣你去拿马勺来我得好好冲一下身子，狗日的粮食吃着好收拾着净是土，汗水一搅和又黏糊又难闻。他把自己脱了个精光，先坐在水盆里让马鸣给他洗搓，然后站起来让马鸣用马勺给他身上泼水。他说从头上挨着往下泼。马鸣泼一勺他就说一声舒服死了舒服死了。马鸣来了兴致，想这么一直泼下去。马鸣说师父你和土匪一出门我就担心今天怕都过不去了。周正良说没有过不去的火焰山以后每天这么泼一回身子。马鸣说阴天呢下雨呢，周正良说阴过了下过了太阳好了就晒水就泼么噢舒服死了。

然后，又让芽子端了一盆水，连耳朵背后耳朵窟窿都洗到了。然后，他坐在绱鞋的凳子上，叫芽子过来。他说我现在身上心里都清爽了我和你说话。

关于包子，周正良是这么说的：

"土匪打死他爸的时候他在跟前，他做啥了？除了骇怕他做啥了？他爸让土匪打死了他叫人去村公所选村长代替他爸。没错，是土匪让他叫的。那我呢？难道是我自个儿争着当的？他因为啥叫人去村公所，我就因为啥当的村长。他和我一样，不比我高。说他比我矮才更合情理呢！他都没想想，他应该感谢马鸣感谢我才合情理。要是让他抓到了呢？他抓到了替他爸给土匪筹粮的就是他了。他爸在家里还没入殓呢，他在街上给打死他爸的土匪筹粮，他会是个啥滋味？他咋就不这么想呢？

"你别嫌我说他不好，我也没说他不好，我说的是他不比我好。我去他家筹粮他吐了一口唾沫，当然是朝旁边吐的，那我也知道他是吐给我的。我说了他两句。我说包子你好好的，凭我家芽子对你那一份死心眼的感情你也不该给我一口唾沫。我说唾沫能打发我打发不了土匪。我说你不怕那杆土枪了，我是为了不死人才收粮的，不收粮就会死人，说不定

089

就是你。他问为啥不是我，我说我交粮了，我不吐唾沫。

"我没和包子说那双鞋。我怕说了给他惹事，两个土匪在旁边呢。那双鞋是他爸让我做的，说得早我做晚了，可我不是故意的。找我绱鞋的人多么，有个先来后到么。他爸一死我就想赶紧赶紧做好了让他穿一双新鞋入土，我不收工钱，送的么。包子不要了，拿回去又不要了，明摆着是拿鞋羞辱我嘛。鞋是他爸让做的，他凭啥不要？不要了得他爸说！说不要就不要了？工钱呢？有志气把工钱给我。芽子你知道你把鞋扔到你爸跟前你爸啥心情么？你爸心跟烂了一样。我心想赶紧赶紧来个狗叼了去。没来狗么，奉先時的狗也骇怕土匪么。狗没叼，土匪别到他腰里去了。"

关于当村长，周正良是这么说的：

"赵天乐是村长可土匪不让他当了么，把他打死了。你以为赵天乐是因为不怕土匪才死的？不是么，包子亲口给你说的时候我在外边听着哩。赵天乐骇怕得晚了，土匪嫌他晚了么。土匪不但要人怕他们还看时间呢么。赵天乐早说一句筹粮就不会死还是村长。土匪让他死就是要另换一个村长。土匪瞅上你了说你能当你就得当，你不当你就是第二个赵天乐，也得死。马鸣抓上了马鸣当不了土匪也看马鸣当不了，就顺势撂到我头上了。我想耍赖我不敢么。我怕土匪用土枪揭我的脸么。"

也说了村里人：

"都和我一样么，怕挨土匪的枪土匪的刀么。不怕咋都乖乖去了村公所？不怕咋都把粮乖乖地交了？对土匪的气往我身上撒，撒错人了么。狗日的不想么，我当时要说一句我不当死也不当哼一声我就和赵天乐一样了，光荣了。赵天乐也不咋光荣，只能叫半截子光荣，他一见土枪也怕了说筹粮，土匪不让他筹要让他死他才死的。我要说不当我死了才真叫光荣，完全的光荣。我没光荣。我没光荣你们才能一个跟着一个从村公所往外走，回你们家吃饭睡觉。我光荣了你们能出村公所能回么？把我的尸首撂在一边去继续选村长！我一身子背了，狗日的没人说句体谅话反而另眼看我，有人还给我吐唾沫。给你们各个儿吐去吧！"

周正良问芽子：你爸说得对不？

芽子说：对也不对。

周正良：你这是啥话？

芽子说：听着好像都对想着啥地方又不对，我说不来。你把我的心说乱了我不听了。

周正良：我也说完了。你仔细地慢慢地想去。

十二

瓦罐和土枪手也冲身子了。脱了个精光，在庙院里，用的是凉水。粮食筹到了，土匪们高兴，就把瓦罐和土枪手冲身子弄成了玩闹。他们围着他们俩，用马勺泼，或者干脆用水桶从头上往下浇。

瓦罐和土枪手没说舒服死了。他们说痛快啊痛快啊噗噗！

有人说：瓦罐你精身子了你想你媳妇让大牛起来我们瞧瞧。

有人说：长时间不用成锈牛了起不来倒小了缩回去了你们看么。

瓦罐说：凉水啊你们泼几桶热水看它起来不啊噗噗！

吃过晚饭，他们安静了。他们坐在院子里，听九娃安排瓦罐回村送粮的事。九娃让一个叫三平的和瓦罐一起回去。土枪手不是他们村的，就在庙门外守门了。

九娃说：咱走了一路，到底走到个好地方了，该有的都有，有山有水有粮，不该有的没有，没有蝗虫，不怕天旱。咱就坐这儿了。咱每年轮换着回村送粮探亲。为啥头一回要瓦罐回去？他一路给咱记地图用心了，就算美他一回吧。三平算沾光了。谁往家里捎话，睡觉前说给瓦罐，他们天不亮就上路。

瓦罐立刻成了红人。他们围着瓦罐让他记他们要捎的话。瓦罐挨个儿听了一遍。瓦罐说你们各说各的太乱我记不了干脆统一成几条我好记回去也能说明白。他们说么你给咱统一么。瓦罐统一成了三句话：给你们的女人就说尿想你们了；给你们的娃儿就说你爸要你们乖乖地听你妈的话；给你们的老人就说你儿在外边好着呢你们放心你看这不送粮回来了。他们说瓦罐统一得好，给瓦罐鼓了一阵掌。瓦罐说鼓尿呢我心里瞀乱着呢只让在家里住一晚上，我说好不容易回去了多住两天求你了，头儿说存这心思就换人你们说瞀乱不？有人说一晚上也行啊你一进门就拉着媳妇上炕别下来。有人立刻反对说那不行腿软了咋传咱捎的话，他们觉得有道理，说就是就是咱给瓦罐也统个一：先传话再上你家炕。

那天晚上他们都没睡好觉，都在想他们的村子，有人想得流眼泪抽鼻子了。

让瓦罐和三平天不亮就上路是吴思成的主意。他说大白天四头驴驮着粮走太扎眼。九娃说粮食是明打明筹的为啥要偷偷摸摸做贼一样。吴思成说咱正在坐而未住的时候，还得顾着奉先时人的感受。你说人不是蝗虫我服了，可咱想坐住，就得让他们天天不是蝗虫永远不是蝗虫，万一把他们刺激成蝗虫了呢？

送瓦罐和三平走的时候，九娃说你们可记住，舍命也要保住这些粮食。瓦罐说你放心人在粮在。九娃说人不在呢，瓦罐说咋可能啊碰上劫道的我就——瓦罐唰一下抽出他的护胆夺命刀，演示了一下：兄弟你没看出咱是同行么？瓦罐说我们两个人啊，万一碰上了镇不住就一个对付一个赶着驴跑啊，要不，白天睡觉晚上走行不？总之，粮会送到的。九娃说驴也要喂好，回去四头回来还是四头。瓦罐说当然当然。九娃摸着一头驴的屁股好像舍不得让它们走一样。九娃说走吧走吧美你驴日的一回我不是头儿送粮的就是我了。

那天，任老四和赵天乐平安入土。

也就从那天开始，奉先畤的人不再白天关门了。他们互相走动了。也有人在地里看庄稼了。除了天地庙，他们好像哪儿都敢去了。

吴思成给九娃说：看来第一脚踏实了。

九娃说：那就想着踏第二脚。

也有土匪去村里找人要烟叶了。

吴思成适时地让九娃宣布了一条纪律：不能常去村里，不准透露咱的底细。

十三

所有的人好像妥帖好过了，连任老四和赵天乐也妥帖地躺到了地底下了。周正良却妥帖不了，好过不了。

他失业了。

一连几天，没有人来找他绱鞋。绱好的鞋也没人来取。不取也罢，让马鸣给他们送去。送鞋的马鸣连工钱和鞋一起拿回来了，都说鞋不要了工钱不少你的，好像商量过一样。还有更刺耳的话：让鞋匠把鞋送给土匪去。

啥意思嘛！你们付了钱鞋就是你们的，送土匪？你们不送我送？明着欺侮人羞辱人嘛！

十几双新鞋在院子里摆放着，好像不是周正良在看它们，而是它们在看周正良。看得周正良心口疼。

周正良想把那些鞋撇到他们的脸上去。周正良想站到街上胡尿骂去，一边骂一边把那些鞋一只一只胡乱撂到谁家的房上去，粪堆上去，挂在树上也行。你们的鞋你们不要我也不要！

周正良不好过，芽子和马鸣也就不好过。

芽子说：咋办呀嘛没人理睬这日子咋过呀嘛！

马鸣又说剁手的话了。马鸣说都怪我的手抓了那个纸蛋儿。马鸣说师父你去骂街我和你一起去。

周正良没骂街也没撇鞋。他说我为啥要骂他们，我骂他们我还嫌费力气费唾沫呢！我为啥要撇？这么多鞋都是没日没夜一针一针做的我为啥要撇？我不撇我自己穿。马鸣你也穿，我穿大的你穿小的，芽子穿女的。芽子说我不穿。周正良脱了一只鞋，把脚随便塞进了一只新鞋里，在院子里一踩一踩来回走，给芽子说：芽子你看，你看，你看……

周正良的声音越来越小，脚越踩越慢了，坐在地上了，捂着脸不出声了。

芽子进她屋里去了。

马鸣不知该咋办，想把师父拉起来，闪了几下身子，到底还是没挪脚，原地站着，直到看见九娃和土枪手来了，才说师师师父他们来来来了，把地上的鞋收了起来。

坐在地上的周正良没起身。他看着九娃和土枪手。土枪手牵着一头驴。驴背上有一袋粮食。

周正良：咋了？粮食有问题？

九娃：没有没有，每一颗都是好粮食。

周正良：那你这是？

九娃：退给你的。你辛苦，还受委屈。

周正良：不退不退，一视同仁。再说，我没啥委屈，也没觉得么。

九娃：那就算犒赏你的。

土枪手把粮食卸下驴背，搬到了台阶上。

九娃：客人来了你就这么一直坐地上啊？

周正良：我腰疼。

九娃：腰疼坐地上更疼起来展几下嘛。

周正良：头也疼。坐着不是站着也不是，我正想去炕上躺一会儿呢。

九娃：噢噢，我就几句话，说完事你躺去。

周正良：还有事啊？粮不是筹了么还有事啊？

周正良忽一下站起来了。

九娃：也是为村上好的事。我们不能老占着天地庙。天地庙是村上敬天地敬神灵的地方，我们住着不好，成吃喝拉撒的地方了，不恭敬。庙殿也太小，十几个人挤不下。村公所倒是能住，可村公所在村子里，都是精气旺盛的大男人，保不住钻谁家被窝里去就成麻烦事了。你说呢？

周正良用大拇指一下一下捏着他的鬓角。

九娃：你头疼就坐地上说。

周正良：不疼了，正在晕。

九娃：让你徒弟扶着你。

马鸣赶紧过来扶住了周正良。

周正良：我想不来该让你们住哪儿么。我头晕想不成事了我。

九娃：不用你想。山上那么多树，盖一院房很容易的。地方我瞅好了，任老四家的碾麦场那儿就行，离村子不远不近。你和村上人商量商量，伐树的打土坯的分个工，一块儿动，快么。

周正良又用手拍额颅了。

九娃：我把事说完了。你头晕又腰疼你躺去我们走。

周正良把手从额颅上取下来，听着九娃、土枪手和毛驴走远了。他突然跳了起来：

"躺你妈个毛啊我！"

马鸣被周正良突然的跳骂吓住了，瞪眼看着周正良。芽子也跑出屋门看着她爸。

周正良又跳了一下：没人理我了我和谁商量去我躺去躺去躺你妈个——

他打住了，因为九娃又拐回来了，在大门外看着他。

九娃：骂谁呢？

周正良：骂，骂，马鸣么。我不想躺他非要我去躺，我得想伐树打土坯的事我咋能躺去？我正想把鞋脱下来扇他的嘴呢!

九娃：噢噢我以为你咋了，徒弟是好心你躺着也能想么。

九娃走了。周正良没再跳骂。他又坐在地上了，用手捂着脸。

周正良想了一晚上，也没想出个好办法把村里人召在一起商量给土匪盖房子，就用了个笨办法。他让马鸣帮他扛着九娃退返的那一袋粮食，挨门挨户去退，顺便把上山伐树打土坯盖房的事说给他们。粮食爱要不要，不要就搁几把放你家门口，哪怕让猪拱了去让鸡啄了去，那是你们的事。我的事是通知伐树，打土坯。

"水生，土匪退了一袋粮，每家均分，你拿升子来。顺便说个事，土匪要盖房，让咱去山上伐树，去不去你自个儿拿主意。"

"金宝，土匪要盖房，让咱打土坯，我把话给你传到，去不去你自个儿做主。"

就这么，周正良一家不漏把全村走了一遍。任老四和包子家也去了。粮分完了，话传到了。周正良把空粮袋搭在肩膀上往回走了。走到村街中间了，周正良收住了脚步，思量了一会儿，然后，周正良仰起脖子，像尖叫一样，拍打着胸脯，给奉先畤的人吼了几句话：

"你们都听着！土匪不是我舅，也不是我爷！我周正良咋当的村长你们清楚。我没得土匪的好处。土匪要盖房，我一个人盖不了！不盖房他们要往村里住。盖不盖你们思量去。思量好了就去山上砍树，打土坯！"

然后，他一个人提着斧头上山了。他给他自己是这么说的：我把话传到了，我也砍树了。我不敢得罪土匪，也没逼迫你们任何人。我只能这么做了，老天爷评断去。

山上很静，只有周正良一个人砍树的声音。他砍得很专心，流汗了，光着膀子了。他忽然感到他现在这么砍树是天底下最好的事情。树不会让你骇怕么。树不会不理你埋怨你么，更不会羞辱你么。好，砍树，砍它个狗日的树！

哎哎哎，有人上山来了，拿着斧头锯子和绳，都是砍树的工具么。都是奉先畤的精壮劳力么。包子也在里边么。任老四的儿子也在里边么。

他想和他们打声招呼。他们好像没有理他的意思。那就不打招呼了，都砍树。

斧头声锯子声给手心里吐唾沫的声音都有了。也有树被绳拉倒的声音了。可在山上，把这些声音放在山上就不算什么了不起的声音了，就和一大片草滩里有几个蛐蛐叫唤一样。

他偶尔也会看他们一眼。他们也光着膀子了。他们胳膊上鼓着肌肉，亮着汗水的油光。他们手上身上满是力气么。可他们也骇怕土匪，骇怕那杆土枪。他们和他一样么。

他也留心了一下包子。十九岁的身板，真正男子汉的身板么，难怪芽子喜欢。他抡着斧头很结实很有力，听声音就能听出来么。

用斧头能砍树咋就不能砍人呢？噢噢，斧头造出来不是砍人的么，和土枪不一样和长刀不一样么。噢噢，斧头能砍人一见土枪就骇怕了么，手上身上就没力气了么。

咔咔咔咔，又一棵树被放倒了。

九娃和吴思成在天地庙门口站着，他们能看见山上砍树的人。九娃受了感染。九娃说咱也砍树去。吴思成说不行不行。九娃说闲着也是闲着，身子骨还难受。吴思成说闲着难受用刀砍砖头也不能和他们一块儿砍树，你想么。九娃一想就明白了。九娃说那就让咱的人在庙院里抡刀去，砍砖头也行。

两个多月以后，九娃他们从土地庙搬进了新盖的院子。正房三间，偏房两排，还有一间厨房，也搭了驴棚。茅房在大院外边。

吴思成给他们的院子起了个名：舍得大院。对外的意思是，人生在世有舍有得，有得必有舍，能舍才有得。对内的意思是，敢舍命就能得你想要的。

九娃和吴思成住了正房。

九娃问吴思成：咱这算不算坐住了？

吴思成说：差不多算坐住了，离坐稳还有一截儿。

九娃：你说话像教书先生一样。

吴思成：古人说，居安思危。

九娃：噢噢，还真成教书先生了。

地里的秋庄稼正在成熟，不出院门就能闻到那种味气。九娃说他爱闻这味气。吴思成说这可是个危险的讯号。九娃问为啥，吴思成说咱不是种庄稼的是匪啊，鼻子和鼻子是不一样的，各有各的喜好。

九娃没再说话。他不太服气吴思成的说法。匪的鼻子就不能爱闻庄稼的味气了？他觉得吴思成神神乎乎有些卖弄。

十四

一进舍得大院，瓦罐哇一声哭了。他一个人，拉着两头驴。

舍得大院的人都从他们的屋里跑出来了。九娃和吴思成也出来了。他们围着瓦罐，叫着瓦罐。瓦罐好像没看见也没听见一样，只是个哭。

九娃有些急了。九娃说你个驴日的一走几个月回来啥也不说你给我哭！

瓦罐哭声更大了，一边哭一边用手抹着他脏脸上的泪水。

九娃说你个驴日的四头驴咋成两头了三平呢。

瓦罐松开了驴的缰绳，用两个手抹脸了，哭得止不住了。

九娃说你驴日的是不是半道上折回来了没走到村上。

瓦罐一边哭一边使劲摇着头。

九娃说驴日的十几个人急着听你说话呢再哭我把你的嘴缝了去！

瓦罐终于迸出了一声：我媳妇跟人跑了啊，啊呜！

九娃说你媳妇跑了别的媳妇呢。

瓦罐说你媳妇你们的媳妇也跑了老人娃们都没了咱村一个人也没了连个鬼都没有了，啊啊，呜！要蹲下去哭了。

九娃没让他蹲下去。九娃真急了。九娃抡起胳膊，巴掌就扇在了瓦罐的脏脸上。瓦罐打了个趔趄，捂着脸往后跳了一下，不哭了，直勾勾地看着九娃。

九娃说你哭啊！

瓦罐看九娃还要扇，又往后跳了一下：我不哭了。一进村我就哭回来哭了一路把肠子快哭断了我哭够了！

九娃：哭够了就说话。

瓦罐：你问的我都说了。

九娃：说详细点。

瓦罐：详细点就是村上一个人都没有了女人都跟人走了我媳妇……

瓦罐又要哭了，看见九娃的巴掌随时都会扇过来，就说：你别啊你要回去找不着你媳妇找不着一个人连只狗也找不着你也会哭的。我和三平在自家院子里哭了半晌，坐在村街上哭了半晌，后来又坐在村头上哭，把眼都哭肿了，把四头驴都哭得尥蹶子了。然后我们就往回折。

九娃：三平呢？

瓦罐：三平和我折到半道上不愿折了，说要找他媳妇去。我说天底下那么大你到哪儿找去。我说你媳妇跟了别人你找见也是人家的媳妇了你算老几，你硬说她是你媳妇人家往你脸上唾！就算人家不唾，你媳妇热被窝热炕头有吃有喝愿意再给你当媳妇么？我这么给三平说的时候我的心像刀子在搅扒一样。我给他说也是给我自个儿说呢。我媳妇也在不知道啥地方哪个人的炕上呢。我说三平你还有仁有义没有，咱一路来一路回去见了大伙你再走。三平不听。我说我一个人四头驴还有粮食照顾不过来。三平说我没想让你把四头驴都拉回去。三平拉走了两头驴，不让拉他跟我动刀。我动不过他。

九娃：粮食呢？

瓦罐：粜了。

瓦罐掏出来几块银圆，交给了九娃。瓦罐说三平要走了一半不给也要和我动刀。瓦罐也掏出了那张牛皮纸。瓦罐说村子没有了每家院子的草有半人高回去只能看草里的虫虫了。他把那张牛皮纸也给了九娃。瓦罐说你留着做个纪念。

没人吭声了。九娃也不吭声了。吴思成说好了好了这是没想到的事情都清楚了给瓦罐弄点吃的去。瓦罐说我不想吃只想哭。我媳妇娶进门才多少天……

瓦罐真的又哭了。

瓦罐一连哭了几天，吃了喝了放下碗筷就流泪，要不就发愣，愣着愣着眼里就有眼泪了。吴思成说瓦罐你把舍得大院上边的天都哭阴了舍得大院除了叹气没别的声音了。瓦罐说我没哭我只是流泪。吴思成你惹得每个人都抹泪呢你没看见。瓦罐说不是我惹的各有各的伤心。吴思成说你看你还像不像个男人。瓦罐说就因为是男人才这样了不是男人就不会有这样的伤心。吴思成说你能不能忍住不流眼泪，瓦罐说我忍不住你给我个媳妇我不用忍就没眼泪了我满脸都是笑。吴思成说我给不了么。瓦罐说那你就别说我你让我有泪就流着。吴思成说你流眼泪流不来媳妇啊。瓦罐说就因为流不来才流呢，能流来不用你说就不流了。吴思成说噢噢流吧你流吧小心九娃扇你。

九娃没扇瓦罐。九娃在看那张牛皮纸。那几天，九娃时不时就会掏出那张牛皮纸看一会儿，然后就叫瓦罐到他跟前去。

九娃：我不信村里一个人也没有了。

瓦罐：你回去看去么。方圆几十里的村子都没人了，不光是咱一个村。

九娃：你驴日的是不是把你媳妇安顿在啥地方了？

瓦罐：咦！咦！

九娃：比如说这儿附近的哪个村里。

瓦罐：老天在上啊。

九娃：你敢说你没给你私藏粜粮的钱？

瓦罐：天地良心啊。

九娃：你咋知道你媳妇是跟人走了？你一个人也没见着，你咋知道？

瓦罐：你想么，没吃没喝，没指望了，来了个男人说你跟我走。这不就走了？要不，就是给门上挂一把锁，自个儿去了，走到别处人家的炕上去了。

九娃：你说你到我家看了我信，可我咋也不信我媳妇会跟人走。

瓦罐：咦！咦！咦！

瓦罐在自己脸上扇了一巴掌。瓦罐说我媳妇你媳妇咱的媳妇都跟人走了跟了人了你不信你老这么问我还不如一巴掌把我扇死算尿了我一句话也不想说了。

吴思成给九娃说，你就别刻迫瓦罐了，我是你女人也会跟人走的。九娃问为啥，吴思成说，就是她愿意守着可肚子不愿意啊。人是张口虫么，一张口就得给里边填东西，你算算咱出来多长时间了。为了肚子还卖身子卖儿卖女呢！天要下雨鸟要飞，退一步想，跟人走了还算一条好路。又说，我看你就别想这事了，想村子村子成了蒿草滩了，想女人女人成了别人的女人了，想也没用。

九娃：儿女呢？儿女也是别人的了？

吴思成：儿女和女人不一样。女人吃谁的上谁的炕就是谁的女人。儿女到天尽头也是你的骨血，吃谁的就是谁替你养着呢，谁想变也变不了，所以，也用不着想，你让人家长着去，成着去，将来见了是你的儿女，不见也是你的儿女，都在这世上呢么，你想着做啥？想着也是个没用么。你是头儿，不能和瓦罐一样。

九娃：我咋和瓦罐一样了？

吴思成：瓦罐一天到晚干流泪，你一天到晚干想么。知道没用还要流泪还要干想。

九娃不爱听了。九娃说你光屁一个没家没舍没女人站着说话不腰疼！九娃说我想得好好的收了秋庄稼就筹粮我也回一趟村可现在女人没了村子也没了筹粮也没用了你让我想啥去。吴思成说哎哎哎还有十几个人在这儿你咋能说筹粮没用呢。吴思成说依我看没女人没家没舍也就没了牵挂，从今往后舍得大院就是咱的家舍，十几个人就是亲兄热弟，你把心思往这儿扭！

吴思成说的话起了作用。几天后，九娃给吴思成说他扭了几天把心思扭过来了，也想好了，要把舍得大院的人召到正房厅会事。吴思成说你都想了些啥咋想的咱两个先通个气。九娃没和吴思成通气，九娃说到时候你就知道了。

人到齐了。

九娃先把那张牛皮纸掏出来给他们看了一下，说：这张纸是我让瓦罐费神费心画的，想着也许有一天会有用。瓦罐用了一次就没用了，再也没用了，谁拿着也没用了，因为村子没了，咱女人跟别人走了，谁也用不着回那个地方去了。没用了也好，没用了也就没牵挂了。说着，就把那张牛皮纸撕成了碎片，撒在了身子背后。

九娃说：咱拉驴队出来的时候是十二个人，后来加了打兔的，十三个。现在走了一个，又成十二个了。你们里边还有谁想走？想走就走，我不拦，还给盘缠。有没有？

没有。

九娃：走的那一个说是找媳妇去了，难道你们没人想找媳妇去？

已经是别人的女人了去屎吧不找不找。

九娃：这就对了。找也是瞎找。咱不走也不找，咱有捷路。咱就地筹！

啊啊啊啊？筹女人啊？

九娃：对了，咱筹女人。这几天我胡思乱想头快要变成萝卜干。吴思成把我提灵醒了。他说我净想些没用的，要想有用的。他说得对，我就听他的。

吴思成说哎哎哎我让你往有用处想没说让你筹女人啊。

九娃：你别打岔。你说从今往后这舍得大院就是咱的家舍，咱十二个人就是亲兄热弟。亲兄热弟就要为亲兄热弟着想。我想着想着就想到了筹女人。咱的女人能跟别人，别人的女人为啥就不能跟咱？咱能筹粮筹钱，为啥就不能筹女人？

吴思成：反对反对，你们的女人跟别人走是自愿的。

九娃：你这话我才反对呢！不是自愿的，是逼的！

吴思成：那是老天逼的啊兄弟！

九娃：老天不公。老天不公人就得出手。这话我给赵天乐说过，你知道的。

吴思成：人不是粮食，粮食到你手上你想吃就能吃，人不一定。

九娃：咱试么，摸着石头过河么。试着摸着就知道了，咱不试就没有这舍得大院。

吴思成：劫财不劫色，咱出来的时候说过的。你也骂过瓦罐你忘了。

九娃：咱出来的时候说没说过在奉先峙盖个舍得大院？我骂瓦罐的时候，咱还不算有吃有喝，现在有了。我骂瓦罐的时候我以为我们的女人还在呢。现在知道不在了。

吴思成：你这么说我就说不过你了。我没想到你把心思扭到这儿了。

九娃：你想想，真要筹到女人了，咱就不光是立住了，就把根扎在这儿了，这你没想过吧？

吴思成：没想过，确实没想过。筹出事来呢？

九娃：那就对付事。

吴思成：噢噢，我想不来这筹女人咋个筹法。你们商量吧，我不支持，也不反对。

九娃：筹女人比筹粮难，没法摊派。咱一次筹不够就分期分批筹。咱也抓个阄，排个队，筹到了就按顺序来。我不抓阄，我把我排在最后。打兔的也不抓，排第一。为啥？他拿的是火器，威力大。

打兔的说不不不，我不要女人，我吃了女人的亏，你们筹我不眼红。九娃说你驴日的是不是想走，打兔的说我不走，要走早走了，我跟你们一起热闹，我一个人打兔打烦了我喜欢人多。九娃说要走也行你把土枪留下。打兔的说不走不走。

吴思成说他也不抓阄不排队。他说将来真要像九娃说的把根扎住了，他就和以前一样，找个相好的，吃零食。

没人反对，就按九娃说的定了。他们抓了阄。

九娃说从现在开始你们就留心打听着，谁家有好女人先号下。

瓦罐问九娃自个儿能挑不，九娃说筹来的就不能挑，要挑也得按顺序，排在前边的先挑，除非你自己瞅上的人家也愿意跟你。九娃说他把他排在最后就是想自己瞅。瓦罐说噢噢。

他们很快就摸清了奉先畤女人的情况。他们很兴奋，因为可筹的女人远远多于他们的需求，有媳妇也有黄花闺女。九娃说这是第一步，秋庄稼一收咱就走第二步。

瓦罐号了芽子。九娃说你真会号我想扇你！瓦罐说为啥，九娃说芽子是村长的女儿不能动，咱第二步能不能走出去靠的就是村长！瓦罐郁闷了。瓦罐说噢噢。

吴思成心里不踏实。九娃说你放心我记着你的话，我不会把他们惹成蝗虫的。吴思成还是不踏实。九娃说你想么，咱不是每家筹一个，咱号了二三十，只筹九个十个。九户十户能成蝗虫么？成蝗虫了也是一脚踩的事。

十五

九娃给周正良一份名单，把话说得很直白：一、奉先畤该有女人的都有女人，舍得大院的人没有。这不行。二、这一次把筹粮放在第二位，先筹女人后筹粮。筹到谁家的女人就免谁家的粮。三、谁家有可筹的女人都在名单上，到底筹谁家的，你要么召集全村人一起商量，要么按名单挨门挨户去说，说通了谁家就筹谁家。四、名单上没有你女儿。你要是不管，第一个就筹她。你要是不尽心尽力，也筹她。

周正良把眼睛瞪得像死鱼一样，看着屋顶。两只手抓在两个脚腕子上一动不动了。盖舍得大院的时候，他在梯子上给房上揭瓦送瓦，有人使坏，勾倒了梯子，崴了一只脚。他几十天没出门，在家养他的脚脖子。这几天能下地走动了，但在炕上的时候多。他想让脚好得快一些，一上炕就会用手在脚腕上搓摩。九娃领着土枪手和瓦罐来找他的时候，他就在炕上。九娃说你别下炕搓你的几句话我说完就走。

九娃说到第二句，周正良的眼睛就变成死鱼了，手抓着脚腕不动了。

九娃：我说完了村长。

周正良没反应。

九娃：我走啊。

周正良立刻慌失了，一把拉住了九娃的胳臂。周正良说别别别你别走说了一大串我只记住了三个字，我脑子停在那三个字上不动了后边的没听清。

九娃：哪三个字？

周正良：筹女人么。

九娃：你把这三个字听清就行了其他的不重要。

周正良：重要重要听清了没解开么。

九娃：那我再说一遍？

周正良：不不不，你先说筹女人，你说的筹女人是啥意思？

九娃：奉先時该有女人的都有女人了，听清了没有？舍得大院的人没有，听清了没有？所以不行，所以要筹女人，给他们每人筹一个女人，这下听清了没？

周正良：噢噢，我好像在睡梦里听梦话呢。世上有这样的事么？

九娃：世上的事无奇不有。世上的事都是人做出来的。就算没有，咱一做不就有了？

周正良：噢噢。你说奉先時该有女人的都有了，不对么，我就没有。

九娃：那就给你也筹一个，顺便的事。你瞅么，瞅上了给我说，我给你筹。

周正良：不不不，我不是这意思。我是说，咱筹了人家的女人，人家就没女人了。人家没女人了咋办？舍得大院的人有了，人家又没有了，是不是？

九娃：你脑子转得挺快的，我还没转到这一层。那就先筹黄花闺女，不够再补。给他们说让他们心放大一点么。他们天天有女人，舍得大院的人一直没有，匀一匀么，哪天我们走了，再还给他们。

周正良：我的爷呀，女人可不是椅子板凳也不是袜子布衫，匀不成吧？

九娃：试么。试一下就知道了。

周正良：女人不是鞋么穿成穿不成脚上可以试女人不行么，这事我弄不来。

九娃：你好好看看名单。我刚说了名单上没你女儿芽子。

周正良：芽子有主了。我把人家彩礼都收了。过些天就办事全村人都知道。你也知道么就是老村长的儿子包子。

九娃：所以么，这事你得弄，要不第一个就筹你家芽子，刚才也说了么。有人已号上芽子了，我扇了他一个耳光，我说村长的女儿不能动，为啥？就因为是村长，给咱办事呢。

周正良：你另换村长吧，这村长我没法当。

九娃：啊啊？你再说一遍。

周正良：这村长我没法当，真的真的。

九娃：那就让你徒弟和芽子给你准备后事。你挑个日子。这样对芽子也好，进舍得大院就无牵无挂了。

周正良：不不不，不是。我说没法当的意思是，村上到现在没人理我，这么大的事没人理我找谁商量去？我的脚咋崴的你知道么。你换谁村上人就不理谁。你让谁当村长你得让村上人理他。

九娃：噢噢，你是说你又愿意试了？

周正良：试么。成不成试么。我说换村长的意思不是弄死一个换一个。弄死一个换一个弄死一个换一个把村上人换完了到最后就剩一个人给他自己当村长了。你要让我试着筹女人就得先试着让村上人理我。我保证一说换村长他们就会理我的。他们理我了一河水就开了，我就好试了。我说的意思是这。

九娃说噢噢你的意思就是让我帮你给村上人演一回戏么。周正良说对对对。九娃说演砸了咋办，周正良说演不砸的人心我还是知道一点的我也是人么。周正良说你试么你就当要呢你试么。九娃笑了。九娃说没想到筹女人还要先演戏有意思有意思那就演一回。周正良说要演就演得真一些。九娃说我当着他们的面让土枪手抵着你的后脑勺你觉得真不，要不就抵额颅。周正良想了一下说，都不是好地方么。

周正良选择了后脑勺。周正良说眼睛看不见心里不慌乱就后脑勺吧。

又提了个要求：能不能让土枪手的指头离枪钩儿远一点？

九娃说要远一点就不真了。他让周正良放心。他说土枪手是老把式我不发话他不会给你手指头上乱使劲的。

周正良：你不会让他勾吧？

九娃：我要的不是你的命是顺顺当当筹女人，只要顺当我就不会。

就真演戏了。

奉先時的男人们又一次蹲坐在了村公所的院子里。土枪手的土枪真抵着周正良的后脑勺。九娃说这个人不愿给你们当村长了你们就再换一个，换了新的就让新村长给这一个收尸。谁愿意当谁就站起来没人站就和上次一样抓阄，谁抓到就是谁。

周正良打抖了，不是装的，是真骇怕了。不是骇怕抵着后脑勺的土枪，是骇怕有人站起来。

没人站起来。

也没人说抓阄。

九娃：你们没人站起来也不愿抓阄，那你们就想个办法让这个人继续当。

周正良的腿不太抖了：我不当了我当得很窝囊，我像奉先時的罪人一样生不如死，你们赶紧把我弄死嘭一下我就解脱了。

九娃：那不行，你再受一会儿，有了新村长你就是想活也不让你活。

周正良有些放心了：没人站起来抓阄太麻烦我给你推荐一个，你让我快点我就是不想活了才不当的。

周正良真用眼睛在人堆里瞅了。瞅到金宝了。

金宝变了脸色。金宝知道只要周正良一叫出他的名字，那杆土枪就会抵到他的头上。他不能让周正良叫出来。金宝说村长当得好好的咋能不当呢，别推荐也别抓阄我同意村长继续当。

金宝的话立刻得到了满场人的响应：同意。同意。同意。

周正良好像没听见一样，继续瞅着，瞅到包子了。

包子：鞋匠叔你就当吧，全村人在求你呢。

九娃：村长你听见了没有全村人在求你呢，你再说一句你不当我就立马让土枪手勾手指头。

周正良胆壮了，一把推开抵着他的土枪，冲着满场的人说：让我当就别给我吐唾沫！

他们说：没有么没吐么不会的。

周正良：我的脚让给弄崴了我担心我的腰腿。

他们说：村长想多了不会的不会。

周正良：把我绑好的鞋都拿回去。

他们说：拿么给谁绑的谁拿么。

周正良：咱有事好好商量。

他们说：商量么好好商量么。

周正良放缓了口气，他说眼下就有事商量。他拿出九娃给他的那份名单，念了名字。他说念到名字的人明天早饭后都来这儿，行不？他们说行么行么。

他们咋能想到要商量的是筹他们的女人呢？更想不到这会有一连串的想不到。他们说行么行么。和村长一团和气了。

周正良似乎很满意，和九娃也一团和气了。他说：戏没演砸，我就知道砸不了，接下来我就试着和他们商量。

九娃也很满意。一进舍得大院，九娃就给吴思成说：很顺当很顺当村长要给咱踏第二脚了。

十六

芽子叫了一声爸。芽子说你和土匪说的话马鸣听见了，都给我说了，你真要给土匪筹女人？周正良说噢么。芽子说你和土匪成一家了。周正良看芽子了。周正良说马鸣没给你说演戏的事，芽子说也说了。周正良说那你就不能这么说你爸，你爸不答应给他们筹女人你爸已经死了你已经让他们筹到土匪窝里去了，你爸不想和土匪成一家死了反倒成一家了，白搭一条命。他让芽子给他弄点吃的。他说：你爸是死里逃生啊芽子。土枪一直在你爸后脑勺上抵着呢，土枪手一不留神手指头一勾你爸就呜呼了。他们另弄一个村长你还得去土匪窝。这下你知道你爸这一天是咋过来的了吧？知道你爸的心思了吧？他说赶紧赶紧吃过饭天就黑了让马鸣叫包子去我要和包子说话。他说包子要有点人心就应该和我说话。

包子来了。周正良说芽子你先到你屋里去，我和包子说几句话，说完你们说。

周正良说：包子你能过来就好，你几个月不理我不理芽子你看芽子把眼睛哭成啥了。再这么哭几天就哭烂了哭瞎了。你的心是肉长的还是石头做的你不知道芽子天天想着你？

周正良：你知道为啥要换村长？土匪要在本村里给他们筹女人呢！你没想到吧？是人都想不到！包子，我叫你一声包子你听着，两次选村长你都经见了，你现在该能知道你鞋匠叔的难肠了吧？难肠是啥？肠子和心连着呢！肠子知道心的难，和心一起难着呢！你不理你叔你叔不怪罪你。也不怪村上人，还要感谢呢！今天在村公所不管谁站起来说他愿意当村长，你想想，你叔就和你爸一样了。芽子就到土匪窝了，比你爸还惨！

周正良说：我再叫你一声包子你听着，叔叫你来有两个意思，一个是想给你说说你叔的难肠，再就是说你和芽子的事。你给你爷你奶你妈说说，别低看你叔。低看你叔也行，别牵带到芽子。芽子是好娃，乖娃，你把她领走，到天尽头她都是乖女子，都能配上你，丢不了你的人。你们走，离开奉先畤。不走有危险。只要有土匪就有危险，村上人还不知道土匪要筹他们的女人呢，知道了不知会咋样呢。你和芽子走你们的，你让我和他们和土匪搅和着，搅和到土匪走了你们再回来。你听清了没有？就算叔求你了。

包子说：你今天看我的时候我怕你要我当村长呢。

周正良说：叔没想让你当，也没想让任何人当。叔给你和芽子铺路呢。你和芽子说去，她听你的你好好和她说，叔等你的话。

门帘一挑，芽子进来了。芽子说爸你别难为包子哥了

121

我不会去的。芽子说我不能撂下你包子哥也不会撂下他家的人。芽子说包子哥你能撂下你爷你奶你妈不，包子说我不知道。芽子说爸你都不想一下我和包子哥走了你和包子哥家的人能活不。

周正良把头低下去了。周正良说想过么，想着就是让你们走么。你们不走，我就得死心塌地给土匪筹女人了，接下来会咋样我想不来。他说包子你能想来不。

包子：我也想不来。

芽子：你能想来要我不？

包子说能想来马鸣叫我的时候我就想来了。包子说我回去就刷房子，我现在就想你和我这一件事。

然后，包子就回去了。就碰上了瓦罐。他没想到他会碰上瓦罐。

瓦罐心里很郁闷。他想号芽子九娃不让他就开始郁闷了。别的女人能号为什么就不能号村长的女儿？村长的女儿就不是女人了？村长的女儿脾气不好可咋看都是个好女人啊！九娃不让号是想着留给他自己吧？他想问九娃又不敢问，就更郁闷了。今天去村长家说筹女人的事，瓦罐的心思一直在芽子的屋子。他真想进去看看芽子，不敢么。九娃脾气一上来会拿过土枪揭他的脸的。看样子女人是筹定了，肯定能筹到女人的。可是，筹到的女人不是你最想要的你能不郁闷么？瓦罐躺在被窝里这么想着，越想越郁闷，郁闷得不行了，就出去尿尿，尿完尿就不想进被窝了，就在外边胡转悠了。转着转着就转到村口了。转悠到村街里了。就和包子碰上了。包子正要进他家门。

瓦罐说：站住站住。

手里没长刀，没摸到，才想起他是因为尿尿胡转出来的，没带家伙。

包子站住了。

瓦罐：这么晚了你不睡觉胡转啥？

包子看瓦罐是一个人，没带长刀，胆壮了些。他说：我去村长家了。

瓦罐：村长家？这么晚了你不在家睡觉你去村长家？做啥了？

包子：村长叫我去的。村长想把他女儿嫁给我，我不愿意。

瓦罐：不愿意就对了。

包子：为啥？

瓦罐：村长没给你说筹女人的事？

包子：说了。村长说不会筹他女儿。

瓦罐：听他胡吹。这一回筹不到下一回就筹到了，迟早的事。

包子：为啥？

瓦罐：我们头儿给他留着呢。头儿嘴上不说主意在心里呢。

包子：噢噢。

瓦罐：我想号给我，头儿不让么。郁闷郁闷。我真想和村长说说，和他女儿说说，迟早都要进舍得大院，为啥就不能跟我？他们要愿意，头儿就没话说了。我不敢么。

包子：为啥？

瓦罐：万一说不通呢？头儿知道了呢？其实她跟我挺好的。我会对她好的。我天生是个对女人好的人。哎哎，忘了问，他女儿愿意嫁你不？

包子：愿意不顶用，我不愿意么。

瓦罐：为啥？

包子：他爸接了我爸的村长，你知道么。

瓦罐：噢噢，心里结疙瘩了。

包子：我说我不愿意她就哭了，这会还哭着呢。

瓦罐：我要是你就好了。两相情愿，妥了。我不是你么。事情总阴差阳错着呢么。

包子：和你头儿比，你和她更般配。你头儿年龄太大。

瓦罐：给你说么，世上许多事都阴差阳错着呢。

包子：你不敢试么。你想不想试？

瓦罐：咋试？

包子：我把她给你叫出来你给她说。

瓦罐：能叫出来么？

包子：叫出来就怕你不敢说了。

瓦罐：就这儿？街上？

包子：找个地方。天地庙？那儿你熟悉。

瓦罐：你让我想想。万一不成我就死定了。

包子：就是说不成她也不会怪罪你，她怪罪我。我不怕她怪罪。

瓦罐：我想的不光是用嘴说啊兄弟。我想的是说不成就硬下手。下手成了就成了，成不了她会说给她爸，她爸会说给头儿，那我就死定了。

包子：一个大男人，一个小女子，硬下手，成不成？你自己想。我只叫人，不帮你硬下手。你自个儿想。

瓦罐朝成的方向想了。硬下手硬办，生米做成熟饭，不愿意也就愿意了，女人都这样。瓦罐把心想热了，色胆包

125

天了。瓦罐说行吧我豁出去了你给我叫去，成不成是我的事，我都感谢你。你诳我可不行，你诳我你就死定了。

瓦罐真豁出去了，去了天地庙。

包子一碗水泼出去了，也不得不豁出去了。他觉得他家称粮用的大秤砣最合适，就回家取了秤砣。

瓦罐在天地庙里坐着候了好长时间，突然有些骇怕了，越坐越骇怕，坐不住了，就起身朝外走，刚到庙门口，包子进来了。瓦罐说来了，包子说不来不行我不敢诳你么。瓦罐伸着脖子往包子身后看。包子说别往外看在这儿呢！包子的手抡了起来，硕大的秤砣在空中画了个半圆，准准地砸在瓦罐的脑门上。瓦罐就像经常受呵斥的乖孩子又受到一声呵斥一样低下了头，一声没吭。

接着是第二下。

没有第三下，因为瓦罐软下去了。包子扑上去，两只手死死掐住了瓦罐的脖子。松开瓦罐的时候，包子的手指头已经僵硬。他跪在瓦罐跟前喘了几口气。

他说：你狗日的色迷心窍了。

他又喘了一口气。

他说：呸！

他不知道该怎么处理瓦罐了。

他把瓦罐拖到庙殿后边的那间厨房里。

他又不知道该怎么处理瓦罐了。

他抱起瓦罐，把他折在了灶阆阆里。瓦罐很软。他不敢看瓦罐。他抱来了几块土坯，砸在了上边。又砸了几块。他看不见瓦罐了。他就是想看不见瓦罐才这么做的。看不见就等于不在这个世界上了，消失了，没有了。

他往回走了，一抬腿，才感到他的腿也软了，每踩一步都要软下去一样。

他也感到了秤砣的重量。它一直在他的一根手指头上绾着。他做了那么多事，它竟然一直在他手指头上绾着。

他把它扔到了河水里。

他没回家。他敲开了芽子家的门。他一进门就软在了给他开门的马鸣怀里。

他给他们说了瓦罐消失的经过。他们都变了脸色。

周正良的舌头打闪了：是是是哪一个？

包子：老跟着土枪手的那一个，瓦罐。

芽子叫了一声：包子哥你杀人了！

马鸣吓哭了，把头塞进了被窝里。

芽子看着她爸和包子：咋办嘛咋办嘛！

周正良不说话。包子说给我喝口水。芽子倒了一碗水，包子一口气全灌到了喉咙里。

芽子：咋办呀嘛爸！

周正良：包子啥也没干。包子你听见了没有你啥也没干！天王老子问你都是这一句，啥也没干！

包子一个劲点头。

十七

名单上的男人们都到村公所了。一共二十九个人。他们每人给周正良吐了三口唾沫。顺序如下：

周正良给他们说了要商量的事。他们愣了。周正良说叫你们来商量是因为你们家有可筹的女人，其他人家没有，叫来没用，事不关己么，来了也是听热闹，所以没叫。周正良说不是每家筹一个，只筹九个十个，所以要商量，到底筹谁家的，大家商量着定。他们说周正良你好意思啊说这种话你也能把脸定得平平的你能说出口啊。周正良说这可是大事情我不能嬉皮笑脸么。他们就给周正良吐了第一口唾沫。

周正良用手抹了几下脸，抹净了。周正良说昨天说好不吐唾沫。他们说昨天不知道你要和我们商量啥事情现在知道了不吐不由人了。他们就吐了第二口。

周正良又擦净了。周正良说你们只吐唾沫不商量解决不了问题啊。他们说你要我们商量的事情我们没法和你商量你和唾沫商量去。他们就吐了第三口。

他们走了。

周正良没拦他们，也没抹脸。周正良说走吧你们走吧我带着你们的唾沫给土匪说去。

周正良一进舍得大院就说：你们看你们都来看。

土匪们都围过来了。周正良指着脸说：你们往这儿看。

九娃笑了。九娃说唾沫么。

周正良说他们每人吐了三口，前两口我擦了，你们看到的只是一口。这就是我和他们商量的结果。九娃说你赶紧擦了再和他们商量去，你告诉他们可以少筹一个，因为我们的一个人半夜跑了。周正良说噢噢。九娃说驴日的号了你家芽子我要扇他就赌气走了，走了也好，给你减负担了少筹一个。周正良说已经要筹了少一个多一个也不算啥，问题是他们只吐唾沫不商量嘛，再去还是吐唾沫。九娃说那咋办，我们自筹奉先時就乱套了。周正良说你们先筹一个两个他们就愿意商量了，筹一个两个乱不了。九娃说也行，谁先给你吐的唾沫就去他家筹。周正良说二十九个人呢好像是金宝。九娃问金宝的女人咋样，周正良说好么弯眉大眼。九娃说那就去金宝家。

几个土匪踏开了金宝家的门。土枪一抵着金宝的额颅，金宝就扑通一下跪到地上了，翻白眼了。周正良说金宝你别翻眼不要你的命要的是你女人。金宝动了几下翘着的下巴颏，依然翻着白眼，没看见他的女人是怎么跟着土匪走的。

金宝不翻白眼了，把眼睛闭上了。

周正良没走。周正良说金宝你别这么闭着眼他们已经走了你听我说话。周正良说你现在就能体味我的难肠了你跟我一起叫他们商量去，咱想办法多筹一个说不定还能把你女人要回来。

金宝扇了自己一个耳光。金宝说好吧我跟你去，谁不商量我就让他家灶爷老鼠窝都不得安宁！金宝很积极，每到一家就说：去不去？不去土匪就来踏你家门，我领他们来。

二十九个人很快又聚到村公所了。周正良说可以少筹一个因为一个土匪昨晚走了。他们说咋不全走嘛全走嘛！金宝说这是屁话说正事。他们就正经商量筹女人的事了。

有人提议，先把对老人不好爱和男人吵架撒泼的女人排出来，把刁蛮的动不动就给父母使性子的女子也排出来。结果，没人承认他家的女人是这样的女人，也没有刁蛮的女子。每家的女人都成了好女人，女子都是乖女子。平时说他家女人女子不好的都改口了，说他们过去的话是顺嘴胡说，不是事实。

有人提议，既然都是好女人好女子那就抓阄，凭天凭运气。结果，没人愿意抓，连提议抓阄的人也不愿意了。

他们说一阵啊一阵，啊一阵说一阵，说累了啊累了，还是商量不出个好办法。金宝急了。金宝说你们赶紧我媳妇已经在土匪窝里了你们太自私只顾自己！他们说那就让村长定夺。

周正良很超脱。他说大家的事大家商量，我不发表意见，免得以后脸上天天挂着唾沫活人。他们说唾沫的事就不提了你还是咱的村长你说了算。周正良说村长不想得罪任何人，村长比你们还可怜你们只骇怕土匪，村长骇怕土匪也骇怕你们。

有人拍了一下脑袋说：哎哎村上的事村长不能把自己撇在外边啊。有人立即附和说：对呀，芽子也该在可筹的人里边咋没有芽子？土匪偏心眼村长你不能啊你得一视同仁。周正良说芽子给包子了过几天就圆房。他们来情绪了。他们说我们的女人连娃都生了芽子还没过门呢！有人说既然芽子给包子了包子就是有女人了包子为啥不来商量事，金宝说就是嘛我叫包子去。周正良说行么叫么包子愿意把芽子列进去我没啥说的。

包子来了。包子说我不愿意，名单里也没芽子。

他们愤怒了。他们说我们的女人要成土匪的女人了你和芽子圆房啊，圆不成！芽子还不是你的女人你凭啥占着一个名额？你说！

包子急了，满脸涨红了。包子说我杀了一个土匪！少一个土匪少筹一个女人！我凭这占一个名额！

周正良说啊啊啊少一个土匪是他自个儿走的咋是你杀的你这不是胡说么。

包子：我没胡说！不信到天地庙看去！在土匪盖的厨房里！灶闳阆里！

他们不说话了，定定地看着包子。

包子：有本事你们也去杀一个，给自己腾个名额！你们敢么？

有人：我不信，你哪来的胆？

包子：你管我哪来的胆有胆没胆我杀了！

他们说好好好你杀了你杀了你别这么大声。你咋杀的？

包子：用秤砣砸死的。

他们说奇了奇了，秤砣，天地庙，土匪，没法信么。

包子就给他们讲了用秤砣砸死瓦罐的经过。

他们似乎信了。

包子：你们敢么？

没人吭声。周正良也不吭声了。

金宝：就是啊，咱咋就不往这个道上想呢？不说全村的人，就咱在场的三十人和他们也是三个对一个，咱咋就不往这道上想呢？

周正良：你们要往这道上想我就走啊，你们商量我不参与。

金宝：你别急嘛，我只是说说，行不行说说嘛。

有人问包子：你还敢杀不？

包子：我不知道。我是碰上了，糊里糊涂杀的，腿现在还是软的。

就是嘛，土匪一个人么，没拿刀没拿枪么，是谁都敢，没危险么。咱一拥而上，和他们拼，可总有人在前边吧？在前边的就是吃土枪挨刀的，就算把土匪全弄死，自个儿也死了，以后的日子也享受不到了，享受的是活着的人，是不是？谁敢在前边？有人敢在前边我就敢跟着。金宝你敢不？

金宝：放你娘的狗臭屁！我要敢在我家就敢了不在这儿和你们拌嘴了。

商量不在一起。那就让土匪自筹去。原来要筹九个十个，死了一个土匪，加上金宝家的，少筹两个，成七个八个了。不商量不商量了，筹到谁家谁受去。要受的是少数，也许侥幸我在大多数里呢！

他们就是这么想的。他们散伙了。

周正良说包子的事别说出去死一个土匪少一个祸害。他们说不会不会。

金宝不愿散伙。他们一边往外走一边说：金宝你别自己和自己过不去我们里边也有人要和你一样呢。

金宝没走。金宝问周正良咋办，周正良很无奈。周正良说只能按大家商量的办了。周正良说我也得走我得去舍得大院给土匪说去。

金宝跳了起来。金宝说商量了个屎嘛这咋能叫商量嘛唉？唉？唉？

十八

　　九娃说行么行么，你们商量了我们晚上也商量商量，明天一早就筹。周正良说筹到谁家谁都和金宝一样我保证。九娃说好么好么那就一次筹够，到时候你来舍得大院喝喜酒。

　　周正良一到家就给芽子说：吓死了吓死了包子把他的事说给他们了。芽子说是不是他咋能乱说咋能嘛他！周正良说包子被逼急了忘了危险了不过你放心包子不会有事，土匪明天就筹人，明天一过啥事都没有了土匪不会知道的。芽子说不行不行纸里包不住火土匪迟早会知道的马鸣你赶紧叫包子哥去。

　　没等马鸣去叫，包子自己来了。包子说我后悔了我一说出口就后悔了。我越想越骇怕在家停不住咋办？

　　芽子：爸啊你听见没咋办呀咋办嘛！

　　周正良说土匪不会知道的。

　　芽子：万一呢万一呢？

　　周正良说没有万一，筹了女人土匪就安生了。

　　包子给周正良说：我想跟芽子走，你说过让芽子跟我走。

周正良说我担心芽子么现在情况变了不担心了，熬过明天就更不担心了。周正良问包子家里人知道不，包子说不知道我没敢说我说我杀了土匪他们会吓死的。周正良说别说别说省得他们担惊受怕你不忍撂下家里人一走了事吧，包子点着头，点得很无奈。

第二天早上，终于到了第二天早上。周正良早早起来了。他没出门，他坐在院子里等着听村里的动静。没多长时间就有了哭喊声，一会儿一阵，一会儿又一阵。他给马鸣和芽子说你们听土匪筹女人呢。他说赶紧赶紧求老天爷了赶紧让他们筹吧筹完就妥了——哎哎哎九娃怎么来了。

九娃推开大门走进来了。马鸣和芽子闪到屋子里去了。

周正良要起身。九娃说坐着坐着我也坐。九娃抽出他的长刀，盘腿坐在周正良的对面，长刀就放在了腿上。九娃笑吟吟的。

周正良：筹够了？

九娃：没有么，难筹得很，拉着扯着抬着又蹬又喊又叫，劲大得很。几个人筹一个都得出一身汗。你没说错，男人倒挺乖的，都和金宝一样，一见土枪人就软了，只翻着白眼不说话。

周正良：我知道么，都一样的人么。

九娃：我给我也瞅下了。

周正良：好啊好啊，哪家的？

九娃：一会儿你就知道了。

周正良：水生家的吧？那女人可是村里数一数二的。

九娃笑着：不是不是，一会儿还要和你商量呢。

周正良站起来了。他看见土枪手用土枪顶着包子进来了。周正良说咋回事咋回事。他看着九娃。

九娃也站起来了，不笑了：我以为我的人半夜跑了，弄来弄去是他杀了。有人给我透气我还不信，去天地庙从厨房的炕阅阆里刨出来了。

周正良：包子你咋回事你杀人了？

芽子叫了一声包子哥，从屋里冲出来，要到包子跟前去。九娃用他的长刀挡住了她。九娃说妹子你别乱来土枪手指头一勾你包子哥就没命了，你赶紧回屋去，免得伤到你。

马鸣把芽子硬拉扯到屋里去了。

周正良冲包子喊了一声：包子你杀人了？

包子不吭声。

九娃：村长你就别装蒜了，我的人就是他杀的。我把他弄到这儿是要和你说事情的。你不是要把芽子给他么？你说让他死不死？他死了，芽子咋办？

周正良：别死人了别再死人了咱筹人不死人。

九娃：他不死说不过去么。我的人让他白杀了？总得给我死了的兄弟有点交代吧？要不剁他一只胳臂？砍一条腿？你愿意让芽子跟一个缺胳膊少腿的人？

周正良：不么不么。

九娃：那我就揭底给你说吧。我本来没想筹你家芽子，现在变主意了。他不死可以，就按你说的，咱筹人不死人。他把芽子让出来，另找人去。

周正良：不么不么。芽子是我女儿他凭啥让嘛！

九娃：是你女儿也是他媳妇啊。

周正良：芽子不跟他了，行不？

九娃：那你就是让他死么。

芽子甩开马鸣的拉扯，又从屋里冲出来了：爸，你不能让包子哥死！我就是他的人，他死我也死！

九娃：村长你听见没？

周正良：芽子你去屋里你爸求你了行不行？

马鸣又把芽子拽进屋了。

周正良已经满眼是泪了：我为你们尽心尽力了啊！我尽心尽力你不能反悔啊！你说了你不筹芽子你不能反悔啊！我尽心尽力你给我个活路嘛……

138

九娃：你这话说得太奇怪了。芽子跟包子你有活路跟我就没活路了？

周正良：不能强扭啊强扭的瓜不甜啊！

九娃：你这话更奇怪，筹的女人都是强扭的，要不咋拉着扯着抬着又蹬又喊又叫呢？你说强扭的瓜不甜这话不对，只要是熟瓜，摘下来扭下来一样甜。人不是瓜扭着不甜这话也不对，扭一阵再扭一阵该甜的时候也就甜了。芽子跟包子就一定甜？你先让芽子跟我扭，不甜了我就不让她扭了，让她跟包子扭去。我也太通情达理了吧？

周正良：为啥不能先跟包子嘛！人家两相情愿嘛啊哎！

九娃：刚都说了嘛，他杀了我的人，不死不缺胳臂不少腿就舍他的女人。

九娃问包子：要么死，要么让芽子，你愿意哪个？

包子：我不想死，也不愿让芽子。

九娃：你说了不算么。

包子：芽子不会跟你。

九娃：她说了也不算。

周正良拍打着坐在地上了：没天理了啊哈！啊！

九娃：村长你别这样，天理是哭不来的。这世上没有天理，只有人理。我带他的女人走啊。

周正良：不！不！芽子不是他的女人！你把我弄死你别糟蹋芽子！包子你看你弄的啥事嘛你把芽子害了嘛，啊啊！

包子给九娃说：人是我杀的，你处置我。

九娃：两回事了。杀了你也要筹芽子的。

周正良：杀我吧让我死吧！

周正良突然起身要往墙上撞去了。快撞上了。水生领着一伙人呼啦啦进来了。

九娃紧张了，把长刀提在了手里。

水生冲着周正良去了，一把揪住了周正良的衣领。水生一脸愤怒。水生说你死不成！要死你先把你家芽子送到土匪窝去！

噢噢。九娃有些放心了。

有人把一块砖头砸在了周正良的窗户上。

水生揪着周正良，又质问九娃了：都是女人为啥不筹周正良的女儿？

有人也指着包子质问九娃了：他杀了你们的人你不筹他的女人美死他啊？

又一块砖砸到了窗户上。

九娃给周正良说：我说对了吧？没有天理，只有人理。我不筹芽子都不行了。你是村长你带个头，后边的几个也就好筹了。

又对包子说：我放你一条活路。

包子：你杀了我。

芽子叫了一声包子哥，又从她的屋里冲出来了。芽子说你能活你为啥要死，你不死!

又给水生说：你别为难我爸。你们都别难为我爸了。

又给九娃说：我去土匪窝，不用你拉扯。

九娃说：是舍得大院啊妹子。

水生松开了周正良。

芽子说：你们走吧，我说到做到。

水生一伙人不声不响地走了。

芽子给九娃说：你们也走，先到别人家筹去。我不用筹，我自个儿去。

九娃：我们走了你跑了咋办?

芽子：我是自愿的我为啥要跑? 你小看人了。

九娃：噢噢，那我请村长和我一起去舍得大院，免得有人来家里找麻烦。

周正良：我不去! 芽子也不去!

芽子走到她爸跟前，把她爸的衣领拉整齐了。芽子说你去吧你好好的，我就是想让你和包子哥都好好的，你不去他们不放心，你去，我和包子哥说几句话。

九娃给包子说：你命大福大，遇上好女人了。你要记着芽子的好。你别忌恨告你密的人。他告你密是想得好处，让我放过他的女人。这种人我不会让他得好处的。

又给芽子说：妹子你放心，我会让你过好日子的。我和村长在舍得大院等你。

土枪手把土枪朝着周正良了。九娃说收起来收起来让村长前边走。

他们走了。出大门了。

马鸣咋咋咋想说话说不出来，唱了：咿呀哎咋呀嘛成这样了唉！

芽子说：马鸣你也出去到街上逛去顺便把门带上。

院子里只有包子和芽子了。

芽子叫了一声包子哥。

包子低着头，不敢看芽子。芽子说包子哥咱不死了咱高兴点。芽子成平时的芽子了。芽子拉包子去她屋里。芽子说我有东西给你看。

芽子打开了她的雕花木箱，取出来几件花花绿绿的衣裳。还有一双绣花鞋。芽子弯腿坐在炕上，一件一件在她身上给包子比试着。芽子说包子哥这都是我自己做的嫁妆，我天天都盼着你娶我，你娶我的那天我就一件一件穿给你看。你看，你看嘛，好看不?

包子不敢看。

芽子说包子哥我就是想让你看才让他们走的，要不我就不让他们带我爸走我跟他们走了。

包子看芽子了。花花绿绿的衣裳们围着芽子。芽子又穿上了她的绣花鞋让包子看。包子说芽子你别让我看了我连死的心都有了是我害了你。

芽子好像没听见一样，又打开了炕头的小木匣，拿出了一对荷包。芽子说包子哥这是我给你做的我爸还嫉妒呢，我想在你娶我的那天晚上给你的，你拿着，给你做的你拿着。包子不接。芽子把荷包装在了包子的衣兜里。

包子抓住了芽子的手，看着芽子。芽子一脸微笑。

包子：你真要跟土匪?

芽子：对呀。

包子：你是为了我!

芽子：我是自愿的，土匪也是人，也该有女人。

包子：为了你爸!

芽子：包子哥，我知道你记恨我爸。你别记恨我爸了，啊？

眼泪从包子的眼睛流出来了，他把芽子的手抓得更紧了。

包子：我不让你跟土匪。

芽子把手从包子的手里抽了出来。包子捂着脸哭出声了，先是刀子割心一样的那种哭，然后就号啕了。他扇着自己的脸。

芽子拉住了包子的手，芽子说包子哥你别嘛我不想让你哭，我还要你看呢。

芽子解她的纽扣了，一个一个解着。芽子说我想给你留着你娶我的那天晚上才让你看，没有那一天了，我让马鸣出去就是想让你这会儿看。

芽子开始脱衣服了。连红裹肚也脱了。芽子一点也不羞怯。她把自己脱光了。

芽子说包子你想咋看，你想咋看就咋看。

包子叫了一声：芽子！

包子的脸像病了一样。

芽子一脸笑。芽子把包子的手拉在了她的胸脯上。包子的手很僵硬，和过去不一样。

芽子躺下了，把她鲜嫩的身子躺在她的那些嫁衣上了。

包子叫着：芽子！

芽子一脸笑。芽子说包子哥我躺着你看。芽子说你一看我就是土匪的人了。

包子叫着：芽子……

包子的脸像在收缩一样，越来越难看了。

芽子：包子哥你想要我不？你想要我就给你……

包子突然撕扯着嗓子叫了一声，从屋里跑出去了。

然后芽子去了舍得大院。

十九

九娃想大张旗鼓搞个婚礼。吴思成说太惹眼免了吧，还是小心点好，不是明媒正娶能不能合在一起还难说呢，说不定今晚上就在炕上抓挖起来了。九娃接受了。九娃说那就把门关起来先分人，分好了就上炕，让打兔的辛苦一晚给大家守门，里边的不出去，外边的进不来，抓挖一阵就不抓挖了不信你看。

九个女人，八个按先前抓阄的排号挑选分配，芽子算是九娃自己瞅的，没人有意见。九娃给吴思成说你没眼红吧，你要不说找零食吃也筹下了。吴思成说不眼红，我还是看情况找零食吃，不过——吴思成又说，你还是福分大，九个女人就你的是黄花闺女，嫩啊。

少一间屋，九娃说要知道多盖一间就好了。吴思成说不少啊我和打兔的一间就够了么。九娃说我也是这意思过些天再盖一间。

吴思成没说错，确实有抓挠的，像驴踢仗一样。也有哭的。九娃也没说错，没抓挠到半夜就不抓挠不哭了。

后来才知道，那天晚上，奉先時的八个男人都没在他们家里的炕上。炕上铺了针毡一样，看不见拔不出的一种针，专门扎人的，没法睡。他们在村外的某个地方，能看见舍得大院的某个地方。他们看着舍得大院，想着他们的女人在土匪的炕上和土匪胡整的样子。他们没在一起，一人一个地方。咋能在一个地方嘛，躺在土匪炕上的不是别人的女人嘛，在一起咋说话嘛！说啥话嘛！只能一个人一个地方。

包子也没睡。他从芽子家跑出来以后再没哭。他跑到了村子外边。他远远看着芽子去了舍得大院，心里咯噔了一下，好像井里掉进了一块石头一样。他挪了好几个地方，一会儿在这里的塄坎上蹲着，一会儿又坐在了土壕里，头靠着土崖，手不停地捏着土疙瘩，把许多土疙瘩捏成了土粉。他一会儿想着芽子叫他包子哥的声音，一会儿想着芽子给他躺在嫁衣上的身子，想着想着就把芽子的身子想到土匪九娃的身子底下了。他想不出芽子在土匪九娃身子底下会咋样。他不想这么想，可想着想着就想到这儿了。包子哥，芽子这么叫他。芽子总这么叫他。芽子在土匪九娃的身子底下也会这么叫吧？包子哥，芽子一脸笑。也想那杆土枪了。嘭，他爸的脸就被揭走了，不见了，没有了。它会揭任何人的脸。它塞进过他的嘴，抵过他的脑门。嘭，它对他也会嘭的。包子哥，芽子总这么叫他。嘭。芽子在土匪九娃的身子底下……包子就这么挪一个地方蹲着想着，再挪一个地方坐着想着，心里像拌了辣椒一样，把自己挪坐到了半夜，然后，就迷乱了，就和几天前的瓦罐一样色迷心窍了，不蹲不坐了，胡转悠了。转着转着就转到舍得大院跟前。

大门上挂着一盏灯笼。

土枪手从门口的石头上站起来了，把土枪对准了他。

土枪手：走开！

包子：我是包子。

土枪手：我让你走开。

包子伸开两手：我睡不着胡转哩。

土枪手：一边转去。你睡不着能胡转，我想睡不能睡还转不成，你和谁？

147

包子：我一个人。

土枪手：有烟叶没?

包子：有么。

奇怪奇怪，那天咋就带着烟叶呢?

土枪手：撂过来。

包子把烟叶袋扔到了土枪手的脚跟前。

土枪手：好了，你走。我卷根烟卷抽。

包子：我也想抽呢。你不放心你卷根烟把烟袋扔给我，纸条也在里边呢。

土枪手：你站着别动。

包子：不动不动。

土枪手开始卷烟了。土枪在伸手可拿的地方。

土枪手：你的女人跟九娃了。

包子：不是我的女人，她爸一直不愿让她跟我。

土枪手：女人是水性，随心流哩。

包子：我不懂。

土枪手：你才多大没经过女人你当然不懂，经过你就懂了。女人还是花呢，遇风就飘了。我经过，吃过亏的。说给你也不懂。他们也不懂，筹女人筹女人，筹去，我不筹，我给他们守门。

土枪手卷好烟卷，把烟叶袋扔给包子。

土枪手：你卷吧。

土枪手起身在灯笼上点烟了。

包子猫着腰去捡地上的烟叶袋。包子猫着腰忽一下就到了土枪手跟前，抓起了那杆土枪。土枪手刚点着烟，咂吸了一口，回过身的时候，土枪就正对着他的鼻子了。

包子：别动。

土枪手：兄弟……

包子：小声。

土枪手：噢，小声。

包子：芽子在哪个屋?

土枪手：上房左边那间。

包子：想死想活?

土枪手：活么。

包子：那就赶紧走，走得远远的。

土枪手：好的好的，让你一辈子见不着。

包子：拿着地上的烟叶袋，路上抽。

土枪手拾起地上的烟叶袋，撒腿跑了。

包子端着土枪，径直进了九娃的屋。九娃太不小心了，门没上闩。几根蜡烛把屋里照得很亮。九娃确实在芽子身子上，睡着了。包子用土枪在九娃的后脑勺上狠戳了一下。九娃直起身子，转头看着包子，一只手摸着被戳疼的地方，没醒过来一样。

芽子醒了，睁大眼睛看着包子，要推骑在她身子上的九娃。

包子：别动。

芽子不动了。

九娃灵醒了：你咋进来的？

嘭！土枪里的火药和铁砂全打在了九娃的脸上。九娃倒了。芽子惊叫了一声，坐了起来，抓了一件衣裳捂着她的身子。

所有的人都被惊醒了。所有的人都把身子直在了他们的炕上。

包子站到了大门口：你们听着！九娃死了！我把他打死了！都乖乖地在炕上待着，谁敢出来我让他脑袋开花！

没有人出来。很听话。他们竟然都很听话。

不听话的是水生的女人，她光着身子一丝不挂尖叫着从屋里跑出来：杀人了！杀人了！

她叫着喊着跑出大门，不知道跑哪儿去了。

后来就很顺当了。在八个地方看着舍得大院的八个男

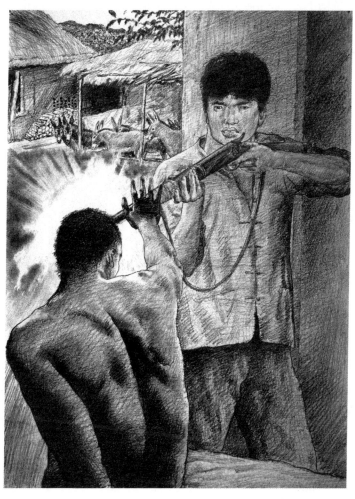

包子向刚从床上坐起来的九娃开枪

人随手抓了一块砖头或者石头到舍得大院的时候，八个土匪已经光丢丢排成一行跪在院子里了。他们的女人胡乱穿着衣服，每人手里提着一把长刀。他们手里的砖头和石头成多余的了。他们没扔。

包子：还有一个呢!

吴思成衣着整齐，从上房右边的屋里出来了。

包子把土枪抵到了吴思成的额颅上。

吴思成：枪里没火药了。

包子勾了一下枪钩，没响。包子忘了土枪里的火药被他打出去了。

吴思成：你放我们走。我们不来了。回老家种地去。

包子：种地?

吴思成：我们和你们一样，都是种地的，想当强人了，就拿刀拿你手里的那玩货出来唬人了，唬了一路，把你们也唬住了。

包子手上一下没劲了，拿不住那杆土枪了，声音也发抖了：你们把人害苦了，害得人不是人了……

吴思成：这话你说得不对，是人咋害都是人，你仔细想去。

金宝说放你娘的狗臭屁，一砖头拍在了吴思成的后脑勺上。

他们在一片求饶声里胡乱弄死了跪在院子里的土匪，
领走了他们的女人。

每人还拉了一头驴。

包子没动手。他在台阶上坐着，浑身都没了力气
一样。

芽子从上房里出来了。她走到包子跟前，叫了一声包
子哥。

包子没听见，摇了一下头。

芽子：你把他的脸打没了。

包子没反应。

芽子：包子哥你还要我不？

包子眼睛看着地。

芽子：包子哥你不要我了？

包子抬头看芽子了，看了好大一会儿。

包子：你回去看你爸去。

又说：你爸不会死也不会难过了。

芽子没动，好像没听懂包子的话。

包子有力气了。他站起来，拿起那杆土枪，给上边吐
了一口：呸！

他抬起膝盖，用力把土枪向膝盖横下去，想把它顶断。

没顶断。

他不顶了。他把土枪扛在了肩膀上。他给芽子笑了一下，说：我不在奉先畤了。

又说：我不会缺女人的。

包子走了。

芽子看着包子走了。芽子在舍得大院的大门底下站着，头上是土枪手点过烟卷的那盏灯笼。后来的事情就没人知道了。能知道的是奉先畤人丁越来越兴旺，许多许多年以后成了一座县城。天地庙成了城隍庙。

现在要城市化了。

2011年4月23日重写于西安

（原载《收获》2011年第6期）

包子扛土枪离开了奉先時

当人性面对武力的胁迫

——关于《驴队来到奉先畤》和钟红明的对话

杨争光　钟红明

2011年第6期《收获》杂志，刊登了杨争光的小说《驴队来到奉先畤》。1984年，杨争光以长诗《我站在北京的街道上了》步入文坛；1990年，写了最后一组诗歌后，杨争光开始小说写作，创作了《黑风景》《赌徒》《老旦是一棵树》《棺材铺》《流放》《公羊串门》和长篇小说《从两个蛋开始》《少年张冲六章》等作品；但大众最熟悉的，是作为影视剧编剧的杨争光。他出手编剧的第一部电影，就是《双旗镇刀客》，获夕张国际冒险电影节大奖，柏林国际电影节新评论奖。杨争光也是电视剧《水浒传》的编剧。他描述中国农民的小说《老旦是一棵树》，被塞尔维亚裔的法国导演拍成了一部外国农民的电影。作为小说家，他始终不是评论家的热门观察对象，却在口口相传中，拥有真心喜欢他的读者。

《驴队来到奉先畤》，讲述蝗虫咯喳喳啃嚼完了所有田禾，吴思成他们老中青十二个人，不愿意逃荒和讨要，组成了一支驴队，半年后，打兔的带着一杆土枪加入了驴队。

真成了队伍了。他们劫财不劫色，瓦罐画下了他们走过的地方。这一天，他们来到了土地肥沃的奉先时，土枪手误把任老四当成黄羊打死了，他们把尸体搭在驴背上，进入了正在庆祝丰收的村子。驴队决定住下不走了。试图礼送他们出境的村长赵天乐被打死，抓阄选出了鞋匠周正良做村长，周正良为驴队筹粮，造大院，百姓唾骂他，却谁都不敢反抗。送粮食返乡的瓦罐回来了，他们的媳妇和孩子都跟人走了。土匪决定筹女人。芽子为了救情郎包子，毅然走进了土匪的大院，而包子和村里的男人终于奋起反抗，将驴队全部擒下。可是那份悲伤的爱情也幻灭了。小说将人性的卑弱、对国民性的深刻剖析，蕴含在传奇的故事中。

虽然杨争光说过："我想说的一切，都在我的小说里。如果是一个故事，它就在故事的过程中；如果是几个人物，它就在人物的行为里。小说只能是小说。小说之外的话，只能在小说之外去说。"但在几番电话和网络的往返之后，对这部小说，杨争光还是说了一些小说之外的话。

钟红明：小说是虚构的，但虚构的小说背后，往往有着作家故乡的背影。这种密切的联系，在有的小说里是明确指明的，但在有的小说里，却是隐含在小说背后的那样一种灵魂和情感的依托。你曾经被称为乡村地理学和地域文化小说的代表，你认可这样一种"分类"吗？故乡对你意味着什么？再具体到你的这部《驴队来到奉先畤》，又有着怎样的联系？就是你以往写的"符驮村"吗？

杨争光：给小说分类，有局限和误导的危险，但在批评家，也许是必须的。分类便于明晰。各种各样的分类都各有各的理由，小说家的认可与否是不重要的。

每一个作家都不是空降到这个世界上的，都有他的故乡。即使终生流浪的人，如果他是作家，他的写作，也会有一个"故乡"在他的背后若隐若现。地理上的故乡，可能会影响到作家的话语方式和写作原型。但比这更重要的，可能是与精神血脉和文化基因有关的那个"故乡"。作为写作的我，两个故乡都是我的"根"，我的"地气"，但并不是我依托精神的温柔之乡，而是我执意要纠缠和搏斗的对手。我不希望我的故乡总是我知道的这个样子，包括过去，也包括现在——纠结啊。

《驴队来到奉先畤》当然和我的"故乡"有关。也可以说，"奉先畤"就是我的"符驮村"，但你不觉得，它和你的上海、和你的巨鹿路发生过的人事，也有着某种如丝如缕的关联吗？如果没有一点关联，我的"故乡"也就太小太小了。

钟红明：这部小说没有明确的年代，时间被隐没了，地理也是隐现的，你以往的中篇小说也有多部这样的。是有意为之吗？

杨争光：有时候是出于无奈，有时候是没有必要，有时候是有意为之。原则是，不损伤我要表达的东西就行。

钟红明：小说开场的蝗虫飞临，拉着呼哨，咯喳喳咯喳喳啃着地里的田禾，给我留下深刻印象。我觉得最有意思的是人们猝不及防遇到蝗灾，抱头就回了自己的屋子，而你嘲讽地写道：人那是自作多情了。蝗虫对人的屋子根本没有兴趣。人的安全感原来在这样的时刻，如此脆弱。中国历史上确实发生过大范围的蝗灾，但我还没有注意到，蝗虫们聚集到一起，是后腿给碰了一下？你是怎样做这一番功课的？似乎你的每次写作，无论电影剧本还是小说，都有这样做功课的过程。

杨争光：我在写作之前，确实有做功课的习惯。一是因为实用，二是因为好奇。做这样的功课，对自己有乐趣也有营养。这次对蝗虫的功课，也是这样。我还读到澳大利亚科学家的蝗虫研究成果。蝗虫聚集之谜，与它们的后腿被触碰有关，不是我的奇思异想，是科学家说的，我也被"意外"了一把。我到现在依然还觉得挺神奇的，都快要不相信了。

不过，仅仅有这么一个意外是不够的，我还得再用一下蝗虫。于是，我把蝗虫和人与匪拉到了一起。蝗虫和人面对死亡的不同态度，就给了驴队敢坐地为匪的启示——蝗虫不只是制造灾难的虫虫了，也是能益智启慧的。

至于人的安全感与屋子的几句闲话，那可实在不是嘲讽，而是实话。我以为，我们不情愿也不习惯睁着眼睛看自己看世界，是我们经常把实话读成嘲讽的一个原因。你觉得呢？还有，这里的几句闲话，也不全是随意之笔。屋子、村子、镇子，扩而大之，到城市，甚至大都市，是有很多相似之处的。我不以为，用水泥箍成的屋子比土坯砌成的屋子，更能给人带来安全感。

这一回写了蝗虫，下一回可能会写蟑螂的——可别小看它，和恐龙同时代的生命！恐龙早成了化石，它依然健在，并进入了我们的生活，比蝗虫还要神奇呢。

钟红明：当蝗虫啃嚼了人们生存的希望，当村子里的人扶老携幼逃荒走了，十二个老中青，聚集起来，用喝下一桶水来推选首领。他们离开土地，扔掉农具，拿起铁器，骑上清一色的驴，后来又有了土枪手加入，真成了队伍了。驴队劫财不劫色，他们把自己的面貌摆得很狰狞，于是避免了反抗，他们是一般人眼中的土匪，流氓无产者，但在你的小说里，军师吴思成说的是：他们要做有"作为"的人。你颠覆了通常的道德、权力和善恶的观念。是因为活着才是最大的理由吗？

杨争光：狼吃小羊也能说出吃的理由，这是老早老早的一个寓言或者童话故事，外国人的。但我实在没有把它当成一个寓言或者童话。我老觉得狼和小羊这个寓言或者童话故事，不仅是写给小孩看的，更是写给大人看的。它实在既不童话也不寓言，更像过去和现在每天都在发生的事实。狼吃小羊能振振有词，土匪就不能把他的恶行说成作为吗？所以，不是我颠覆了"通常的道德、权力和善恶的观念"，我没有那么大的力量。只要稍微留心一下我们的来路，也包括我们的现在，不难看出，正与邪、善与恶、君与臣、主与仆等等，在很多时候，都是处于被颠覆的状态。

"活着"不是理由，"赖活着"才是理由。我们不是有一句"好死不如赖活着"的民间古训吗？有这样的古训发挥效力，我们的道德力始终在强者一边，也就有其自然性了。我们不是还有一句"成者王侯，败者贼"的道德判断吗？

钟红明：在中国这样的农耕社会，大灾难来临后，往往就是大批流民诞生。流民失去了家园，也失去了身份，但驴队撇下了家人，却是有理想的队伍，他们让最年轻的瓦罐在牛皮纸上画下了走过的路，也就记下了回家的路。他们是要把媳妇孩子接出来的，他们不劫色也有自律的原因吧。可是他们朝东走了半年多，他们家的妇女儿童和老人，怎么可能挨过这么长的时间？为什么迟迟没有派人返乡呢？还是他们上路的时候，原本就是要找一个土地肥美的地方作为他们另一个安居地？这是一次迁徙，而不单是找寻足够的粮食？其中折射出中国农民对土地怎样的情感？

杨争光：走了半年多，大概只解决了他们自己的温饱，还无力解决家人的，只能继续走。到了奉先時，在看到老天不公的同时，也看到了安居乐业的希望，流匪就要当坐匪了，应该是符合逻辑的，更合于"老天不公，人就要出手"的驴队逻辑。我们几乎没有怀疑过中国农民对土地的情感，但我现在要怀疑一下。长期的农耕社会，当然能培养起对土地的情感，但除了情感之外，也有一种对土地的习惯和依赖。习惯和依赖很可能掩盖着一种惰性，惰性会折杀开辟另一种生活方式的创造力。情感不是虚空的，像精神一样，也需要肉体的支持。当土地不能让他们活着的时候，他们对土地的情感是会发生改变的。看看现在，每年有多少中国的农民离开土地，去大城市，证明中国的农民是会移情别恋的。所以，情感也有它的"硬道理"。移情别恋不但不可怕，甚至也不是问题，问题在于移情别恋之后是不是还在"赖活着"。

钟红明：唢呐，高跷，街上都是欢庆丰收的奉先時人，但是，一头驴，驮着屁股和脸被土枪打得稀烂的任老四的尸体，进村了。村口肃立着十三头驴，十二把护胆夺命刀，一把土枪……这场景真是很震慑人。整部小说其实都很有画面感，是这部小说和影视有着某种联系，还是在创作了那些出色的影视剧作品后，你的写作更增强了戏剧性？

杨争光：我开始写小说没多久，被认为有画面感，就拉我去写电影。写电影没多久，又有好心的人劝我不要写电影，说写剧本会把手写坏的。我在一拉一扯中，既写小说又写剧本。我有过把小说改成剧本的时候，也有过把剧本写成小说的时候。我觉得，写剧本好像不但没有损伤到写小说的手，反而给了它一些意想不到的能耐。但我没有故意增强小说的戏剧性，我更在乎它是否有趣。如果戏剧性能使小说更有趣，我也是不拒绝戏剧性的。

钟红明：土匪进村了，老驴驮着任老四的尸体认门去了，村人呼啦一下全消失得无影无踪，但是奉先時的村长赵天乐却留了下来。说起来，他是一个有担当的人，也是一个富有智慧的人，他要招呼土匪吃饭喝酒，努力地引导他们说人话，不说匪话，让他们好吃好喝，礼貌地送出境。他也恐惧，更感觉到背叛，那瞬间抛下他的还包括他儿子包子。赵天乐和驴队的交涉，全部使用对话，玄机四伏，是故意为之吗？

杨争光：狼要吃羊了，不但要吃，还要吃得有理有据，没有智慧是不行的。羊要保护自己，更需要智慧，因为它们不比狼有力。要吃的和即将被吃的都显得有礼有节，是礼仪之邦的狼和羊啊！在这一段，我采用了以对话来完成情节的方式，从赵天乐接待土匪，到赵天乐死，几乎都是在对话中完成的。我喜欢写对话，更想扩展对话的表现力。我在这里又试了一回，感觉还好。我可能还会写一本完全用对话构成的小说。

钟红明：当土匪透露了他们要在奉先時住下来，"先"筹粮，以后还要像一棵移栽的树，做别的。赵天乐认为他们说的是匪话不是人话，他原本是有底气的，所以他敢于不合作，但这份底气瞬间就被一支塞进他嘴里的枪打爆了，他以为村长得让奉先時人选，没有人可以替代他，可枪杆子让权力发生更迭，抓阄产生了新的村长——鞋匠周正良。新村长给土匪筹粮了，村民把仇恨和唾弃给了周正良而不是土匪……这里暴露的人性很黑暗，又很荒诞，并非我们以往所知，最广大的农民代表美好道德人性。周正良也觉得委屈。这些人性根上的东西，在你以往的小说里也呈现出来，给人很悲凉的感觉——虽然你往往用冷静的角度来讲述。这部小说里，你真正要探讨和表达的是什么？

杨争光：难道只有"美好道德人性"的东西在代表我们的根吗？难道我们的根上没有黑暗和荒诞的东西吗？我以为，它们都在代表着我们根上的东西。他们只能"把仇恨和唾弃给了周正良而不是土匪"，要把仇恨和唾弃给了土匪的话，不是找死吗？他们不要死，是要活的，赖活着也行。

"勇者愤怒，抽刃向更强者；怯者愤怒，却抽刃向更弱者。"这是鲁迅说的话，我信。

"他们是羊，同时也是凶兽；但遇见比他更凶的凶兽时便现羊样，遇见比他更弱的羊时便现凶兽样……"这也是鲁迅的话，我也信。

难道这都不是我们根性上的东西吗？

在小说的结尾，得胜的包子扛着那杆土枪走了，离开了奉先畤。但我实在不知道他的那杆土枪会对着谁开火，是比他更强的，还是弱者？

钟红明：土匪先筹集粮草，再建舍得大院，此后筹女人了，步步进逼，包子打死了土匪，这事又被其他村民报料给驴队。面对生命胁迫，挺身而出的是美丽的芽子，她在包子面前穿上嫁衣，倾诉爱恋，然后毅然走进驴队的舍得大院，这如同献祭的场景美丽感人，甚至带着一种凛然之气。当失去了女人的村民终于起来反抗，驴队其实不堪一击。最终是暴力结束了暴力。

但是，包子和芽子的爱情，却彻底被埋葬了。为什么，芽子的牺牲，那种灵魂的纯洁之美，让位于贞操？这种爱情的道理，就不可逾越？

杨争光：在我个人的词典里，牺牲是和神圣的祭坛联系在一起的。牺牲在通俗的意义上就是死亡，但芽子没有死亡。牺牲在另一种意义上，是上祭台，通往一种超越俗世的存在，赋有神性的品质和意义。芽子上的不是祭台，是土匪的土炕，她没有超越俗世，所以，她的归结点应该依然还在贞操。对她自己、对包子、对她父亲、对村民、对土匪，也似乎只能仅止于贞操的意义。俗世的爱情，尤其是我们的俗世的爱情，是很难超越于贞操的。如果超越了，奉先時就不是奉先時了。驴队、包子、周正良等等，小说中所叙述的一切，也许就会失去"这一个叙述"的所有意义。我很难想象，如果芽子真以为她就是牺牲，并且知道她以牺牲为代价换来的是什么样的东西，她会有什么样的表情——对不起，我是不是说得太残酷了？但我无意消解芽子应有的美感。大难临头，挺身而出的竟是芽子！一个美丽善良的弱女子！这样的奉先時！我敢说，这样的奉先時，在脱离了危险之后，第一个被鄙夷的可能就是芽子！

我们确实有一种让灵魂让位于贞操的能耐，这还不算最坏的呢。"把鲜花插在牛粪上"还有某种调侃的味道，经常的情形是把鲜花和牛粪揉捏在一起，土话把这叫"糟蹋"。

钟红明：一个有关知识分子对人民看法的最常见的说法是："哀其不幸"和"怒其不争"。你怎么看？

杨争光：我不知道这样的知识分子在说这些话的时候把自己放在了什么位置，是在人民之中，还是人民之外。我是"哀我不幸，憎我不争"。算是借用吧。

钟红明：朱大可在他关于流氓的精神分析中，把你的小说人物作为很重要的分析对象。流氓从词义上讲，原指无业游民，后指不务正业、为非作歹的人。在鲁迅的笔下，

170

流氓源自儒侠，却是盗侠的末流。他说："流氓等于无赖子加壮士、加三百代言。流氓的造成，大约有两种东西：一种是孔子之徒，就是儒；一种是墨子之徒，就是侠。这两种东西本来也很好，可是后来他们的思想一堕落，就慢慢地演成了所谓流氓。"（鲁迅《流氓与文学》）他进而说："为盗要被官兵所打，捕盗也要被强盗所打，要十分安全的侠客，是觉得都不妥当的，于是有流氓。"（鲁迅《流氓的变迁》）看起来，中国的流氓源远流长。把对流氓的分解，升华为对中国民族或一性格侧面的精神分析，是从鲁迅到朱大可几代知识分子的共同意向。你对此怎么看？

杨争光：《流氓与文学》以前没看过，让学生在网上帮我查了一下，不在《鲁迅全集》里，刚看过了。《流氓的变迁》倒是很熟悉的，也是很让我信服的一篇文章。

鲁迅曾有几句小杂感，是这么说的："人往往憎和尚，憎尼姑，憎回教徒，憎耶教徒，而不憎道士。懂得此理者，懂得中国大半。"

鹦鹉学一回舌吧：人往往骂流氓，恨流氓，躲避流氓，其实，自己也不妨做流氓。

所以，关于流氓的一切，是大可以好好梳理和分析一下的，也许还得两下三下。

钟红明：你的小说，往往从农村社会内部，一个非常具体又少有人写到的角度突破，比如《公羊串门》，从公羊对邻居母羊的"强奸"开始，一场荒谬的戏剧性冲突就此呈现。经过一场利益的疯狂可笑的争斗，动用了法律条文，这场荒诞的喜剧最终竟然以"谋杀"告终。这个精致的短篇，却又非常有概括性。你怎样控制这两者的关系？

杨争光：如果没有你所说的那一种概括，事件、情节，甚至对话等，就会缺少扩张、延伸和它的辐射力。小说中的人和事，都是具体的，是"这一个"，但不能仅仅是"这一个"。如果我要写一篇小说，却找不到"这一个"和"许多个""无数个"之间的勾连，我就会放弃这篇小说的写作。这很费心思，但我常常乐此不疲。没有绝对孤立的东西，那就费点心思联想吧，"联"得越远越好。有时候你会发现，"联"得越远反而越接近你所要的精确。

钟红明：在分析一部小说的时候，往往会遇到"真实"两个字。你怎么看小说世界的真实？卡夫卡的小说世界，我们说它是极其真实的；马尔克斯的小说世界，我们也说它是极其真实的。但真实一定是分有层次的。从前文艺理论也说现实主义最大的核心就是真实，但我们恰恰在用那些原则创作出的作品里，感觉到了虚假。

杨争光：小说是虚构的艺术，小说呈现的景观不是自然景观，是人造的。"事实""真实"这两个很老旧的词，对小说艺术来说却有着常新的意味。如果比"离奇"、比"惊悚"、比"怪相"，小说家的笔很可能比不过事实的。"世间万象，无奇不有"，这是要让小说家绝望的。但并不绝望，因为小说家知道"事实"恰恰是小说艺术的误区和歧途。小说艺术的智慧和力量就在于呈现被"事实"遮蔽和隐蔽的"真相"，这就是我以为的"真实"。"事实"只和当事人有关，而"真实"几乎和每一个人有关。

《阿Q正传》写的不是事实，却写出了真实的辛亥革命；阿Q不是现实中的人，却成了国民根性的标本。在现当代文学史上，这本书的辐射力和穿透力至今无人超越，阿Q至今也还是中国现当代文学中最具生命力的文学形象。

钟红明：你小说中的故事和人性，让人感觉悲哀。换作别人，也许写得煽情，但你却总有所化解，会换一个角度来看问题，很冷静，有时候也有嘲讽。你觉得小说要给人疼痛感吗？

杨争光：小说可以含情，但不可以煽情，煽出来的情是虚情。

我实在没有故意使用嘲讽，更无意用嘲讽化解什么。如果有嘲讽的话，也是揭开被"事实"隐蔽和遮蔽的那一层或几层后，真相本身所具有的嘲讽。但想要给读者一种疼痛感，这倒是真的——哪怕有一点也行。

（原载《行走的灵魂》，花城出版社2014年版）

一支土枪与文化人性的实验场

——评《驴队来到奉先畤》

张艳梅

好的小说，没有标签，好的作家，无须阵营。杨争光是一个很好的小说作家。他的小说一向个性鲜明卓尔不群。其实于他，语言的狂欢只是表象，从边缘折射历史的内核，以戏谑刺探生活的心跳，他在追问什么？或者说他试图打开什么？他要做的，不是擦亮历史，而是擦亮我们投向历史的目光；不是反抗生活，而是提供一种反抗生活的勇气。

《驴队来到奉先畤》写一场蝗灾毁掉了一个村子，饥寒交迫，盗抢横行，在吴思成带领下，九娃、瓦罐等十二个村民被迫拿起刀枪，走上匪路，沿着东南方向，一路要吃要喝要钱款，都很顺利，直至驴队来到奉先畤，误杀任老四，准备常住。村长赵天乐费尽心思，试图送客，被一枪打死，鞋匠周正良成为新任村长，为土匪筹粮、筹女人。赵天乐的儿子包子和周正良的女儿芽子早有婚约。土匪要筹芽子，包子一怒之下杀了瓦罐。在女人们被拉去土匪的舍得大院后，包子夺枪反抗，最后所有土匪都被打死。包子出走，村庄恢复宁静。

杨争光是个讲故事的人。不过，在他的小说世界里，故事本身不是目的，如何讲本身也不是目的。杨争光小说语言一向好，生动、洒脱、随心所至、收放自如，然而吸引读者的，绝不仅仅是他的故事，也不仅仅是他讲述故事的方式。对于他的小说风格，有的人说他凌厉，有的人说他阴郁，也有的人说他真诚，无论哪种表述，或许都不是完整的杨争光。在这个中篇里，杨争光写到了一场可怕的蝗灾、一次被迫的离乡、一份回家的地图、一支打天下的土枪、一次小小的告密，以及带有被动意味的反抗、暴力的血洗和再次出走……人和蝗虫，暴力和生存，鲁迅笔下的庸众、看客、告密者，这些蝗虫一样的生命，什么时候真的获得过尊严？那份地图里有多少罪，又有多少乡愁？当年令陈天华蹈海自杀的"特有的卑劣，薄弱的团结"真的是一句也没有说错。一支土枪改变了多少人的命运？一支驴队的生存理想原本是多么卑微？在杨争光笔下，人性得到了淋漓尽致的日常生活化演绎。包子悲愤交加："你们把人害苦了，害得人不是人了……"是什么东西让人不像个人？还是本来就不是健全的人？只不过是一支土枪，枪口之下，唯余苟活之念，人性中最卑劣的那一面令人如何坦然面对？所以吴思成说："是人咋害都是人，你仔细想去。"

178

小说中的奉先畤是个生死场。原本安宁和乐，世外桃源一般，一支土枪就改变了一切。这是乡土中国的缩影，是文化和历史的试验场，值得我们深刻反思。杨争光写天道—世道—人道—强盗。先人之道和文化传统早已失落，生存不断靠近物欲，是文化衰落而至强盗横行，还是特殊情境里生存的压力，就可以改变一个民族的性格？小说细致入微地揭示了民众的普遍心理：不敢出头，不愿牺牲，甘当庸众和看客，惯于侥幸和苟安；而对于蝗虫理论的阐释更是让我们悚然一惊：蝗虫只有一个目标，那就是消灭视野中的一切绿色，它们不怕死，铺天盖地，席卷一切，来去没有理由。然而这又是多么可怕、盲目、被动的群体意识。陈思和说"被压迫被奴役的群众表面上是沉默的，但就像一头沉默的巨大的野兽，其内在的世界里始终隐藏着一种极其盲目的破坏力量，也可以说是一种暴力倾向……"有研究者说，"根据杨争光的观察和叙述我们不难发现，根植于中国乡村的仇恨意识形态，散布在每一个细微的生活细节里，它并没有受到政治制度的直接鼓励，却为历史上悠久的流氓暴力传统提供了深厚而广阔的基础"。小说写出了群众的暴力，活着的绝望，也写出了隐含其中的让我们内心不安的诸多疑问。

小说结尾，包子扛着那支土枪出走，说"我不会缺女人的"，显然，这个被害者走上了吴思成和九娃的路，这个才是杨争光最狠的一笔。

（原载《2011中国小说学会排行榜》，二十一世纪出版社2012年版）